Você pergunta, nós respondemos

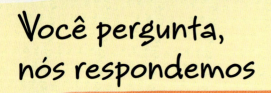

Com certeza, em nenhum outro momento da vida temos tantas dúvidas, medos e ideias erradas como na adolescência, sejam garotos ou garotas. E não é para menos, levando em conta que todas as mudanças que acontecem nessa etapa afetam muitos aspectos de nossa vida.

A seguir, você encontrará as respostas de 101 perguntas e situações que, certamente, surgirão para você ou para alguns de seus amigos durante esses anos e, para que suas dúvidas se dissipem antes, elas foram agrupadas em diferentes temas.

No primeiro tema, foram incluídas aquelas questões que afetam suas emoções e outras inquietações (sensações, pensamentos, medos) típicas da adolescência: desde as mudanças inexplicáveis de humor até as incertezas sobre o futuro, passando pelos possíveis conflitos com seus pais.

Num segundo momento, foram abordadas aquelas questões que se referem às diferentes ideias, mitos e dúvidas que surgem sobre essa particular mudança que seu corpo está experimentando agora.

Entre as perguntas dedicadas à higiene e à aparência, você encontrará temas práticos e cotidianos como o uso do desodorante, o tratamento para a acne, as vantagens e desvantagens de pintar o cabelo ou o modelo mais adequado ou recomendável de roupa íntima.

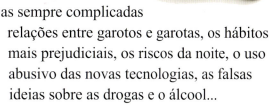

Dedicamos um capítulo inteiro para questões referentes à sua saúde, no qual você saberá, entre outras coisas, por que o tabaco é tão prejudicial para seu organismo, o tipo de alimentação mais saudável, os sonhos que deve seguir e as principais mudanças (todas elas normais) que podem ocorrer em seu organismo nessa época.

No tema das amizades e da sociabilidade, oferecemos soluções para os conflitos que surgem nessa área (todos muito frequentes, levando em conta que as suas amizades estão submetidas ao mesmo carrossel de mudanças que você), as sempre complicadas relações entre garotos e garotas, os hábitos mais prejudiciais, os riscos da noite, o uso abusivo das novas tecnologias, as falsas ideias sobre as drogas e o álcool...

No capítulo "As primeiras relações", há dúvidas relativas às emoções que surgem durante os primeiros contatos sexuais com outra pessoa: o medo do desprezo, o segredo da atração física ou a melhor maneira de não passar dos limites. O coito, o orgasmo, o erotismo, a sexualidade...

Para aprofundar ainda mais o tema da necessidade de manter relações sexuais seguras e responsáveis, reunimos no capítulo "Os riscos do sexo" as perguntas mais frequentes e aqueles assuntos que são tão difíceis de falar com os mais velhos, por exemplo, os possíveis "perigos" que existem na prática sexual.

No final, você descobrirá o que se esconde por trás de muitos mitos e lendas que rodeiam a tão idealizada "primeira vez".

O objetivo? Que nenhuma de suas dúvidas fique sem resposta.

1. Emoções e inquietudes da idade

 1 Há algum tempo, sinto-me triste sem motivo aparente. O que está acontecendo comigo?

Ficar desanimado às vezes é normal em épocas de mudanças, e a adolescência é uma delas. Os estudos realizados demonstraram que quatro em cada dez adolescentes se sentem tristes e, inclusive, chegam a ter vontade de se distanciar de tudo e de todos.

Se você tem alguma dessas sensações, não se preocupe: apenas evite ficar trancado em casa e procure alguma atividade que o ajude a se distrair.

Se essa sensação durar mais de uma semana, converse com seus pais, pois pode ser que você esteja ficando um pouco depressivo, ainda mais se esse desânimo estiver acompanhado de perda de interesse por suas atividades favoritas, baixa autoestima, tristeza profunda e mudanças no sono e hábitos alimentares.

2 Cada vez que penso em meu futuro (carreira a seguir, trabalho, vida adulta) fico angustiado e ansioso. É normal?

Sim. De fato, essas são as sensações mais comuns nos jovens da sua idade, e isso acontece por causa da quantidade de inseguranças que você está vivendo nesse momento.

Com certeza, você deve pensar: se no dia de hoje não sei quem sou e nem o que eu quero, como poderei saber amanhã? Mas você deve pensar que está em uma etapa de transição, na qual todas as peças estão embaralhadas, mas quando se encaixarem, será muito diferente.

 Tome nota!

Quando você se sentir preocupado, uma boa ideia é escrever em um papel seus medos e inquietações, seus desejos e planos próximos. Ainda que pareça algo simples, nesse gesto você poderá encontrar as respostas de seu futuro.

3
Não gosto de estudar e não consigo me concentrar. O que está acontecendo comigo?

Isso acontece porque você deve estar rodeado de estímulos e experiências mais divertidas e interessantes do que os livros que você lê na escola.

No entanto, é muito importante que não perca o ritmo de estudo nessa etapa, não só por causa de suas notas, mas porque ir bem nos estudos é um dos melhores favores que você pode fazer para si mesmo.

Se você perceber que é difícil se concentrar, siga esses conselhos:

- Durma bem.
- Fixe um horário de estudos mais ou menos flexível.
- Faça pausas (o cansaço diminui a capacidade de concentração e perde-se o interesse em seguir estudando).
- Acostume-se a estudar sempre no mesmo lugar.
- Desligue o celular durante esse período (ele pode fazer você se distrair).
- Tente se planejar de tal forma que realize seus estudos durante a semana, para que você possa desfrutar do merecido descanso e diversão no sábado e domingo.

Assim, na época das provas, você não tem por que passar horas trancado em seu quarto, renunciando a todas as atividades de que gosta e costuma fazer sempre. Mas tenha bem claro que é importante dedicar-se de verdade.

✓ Estratégias de estudo

- Estude sempre na mesma posição. O melhor é fazê-lo sentado com uma postura correta, em uma mesa com boa iluminação.
- Combine com sua família as horas de estudo e feche a porta para não se distrair.
- Avalie constantemente seu trabalho. Assim, você se dará conta de que sempre pode render um pouco mais e ter mais interesse e atenção no que está realizando.

4 Minhas amigas vão a festas e chegam tarde, mas eu não posso. Como faço para convencer meus pais a deixarem?

Este foi e será sempre um dos principais motivos de desencontro entre os pais e os filhos adolescentes. Mas você deve saber que seus pais não podem deixar de lado a responsabilidade que têm sobre você, e nem optar por não exercê-la porque seus amigos chegam na hora em que quiserem.

O papel dos pais deve ser sempre o de orientar e zelar por seus filhos, e, se muitas vezes eles não permitem que você chegue tarde, é porque estão preocupados com sua segurança.

Converse com seus pais e mostre que eles podem confiar em você. Então, saia e divirta-se ao máximo dentro do horário estipulado. Você só tem a ganhar.

5 Noto que cada vez estou mais mal-humorado e que tudo faz eu me sentir pior. Meu caráter está mudando?

As mudanças de humor são muito comuns na adolescência. Entre outras coisas, elas se devem às alterações hormonais, às situações novas, aos sentimentos de insegurança e à baixa autoestima frequentes nesse momento e, simplesmente, por você não se sentir à vontade.

Os principais alvos de seu mau humor são seus pais e irmãos (os amigos costumam se livrar disso). Muitas vezes, esse aborrecimento é a forma de encobrir uma sensibilidade à flor da pele: em vez de contar seus problemas e desafogar porque, por exemplo, a pessoa de que você gosta não corresponde aos seus sentimentos, opta por gritar com sua irmã caçula ou brigar porque não gosta do que tem para comer.

✓ **Um conselho...**

Não se preocupe: a irritação é agora uma simples estratégia de atuação e, pouco a pouco, você aprenderá a canalizar suas emoções em direção àquelas circunstâncias que as produziram, sem jogar a culpa nas pessoas mais próximas de você.

Emoções e inquietudes da idade

6 Ultimamente não tenho vontade de contar nada aos meus pais. Como faço para voltar a conversar com eles?

Durante a adolescência, é normal que as relações entre os pais e os filhos mudem por vários motivos: os pais, até agora referências absolutas, começam a ser substituídos pelos amigos, que se tornam os confidentes e cujas opiniões adquirem uma importância máxima. Além disso, desenvolve-se uma desconfiança em relação a tudo o que os pais dizem, pois são considerados ultrapassados e fora de moda.

A maioria dos adolescentes também pensa que seus pais não se importam mais com eles. O que acontece é uma falha de comunicação: quando seus pais tentam saber algo sobre seu dia, você se fecha; então, seus pais esperam uma abertura sua, reação que você acaba interpretando como desinteresse por parte deles.

Recuperar a confiança perdida é tão simples quanto se desfazer desse círculo vicioso no qual está. Basta conversar abertamente com eles e, pouco a pouco, essa situação acabará.

7 Minha mãe sempre critica a roupa que uso e diz que assim eu não posso sair de casa. Ela faz isso para me aborrecer?

Essa queixa tem sido muito típica há gerações de adolescentes.

Trata-se de um mero desacordo sobre o que está na moda, algo totalmente compreensível porque vocês pertencem a épocas distintas: é normal que sua mãe, exceto se ela pertencer a um grupo de mães muito modernas – que também existem –, mostre-se hesitante a tudo que saia do que ela considera "normal"; e também é lógico que você vai seguir as tendências da época em que vive.

O que acontece é que, às vezes, essas tendências chegam a extremos, e podem até se converter em uma atitude de desafio; e aí entra em jogo outro aspecto que não tem nada a ver com a roupa que você está usando: a necessidade de sua mãe de estabelecer limites.

Esse tipo de situação se resolve bem mediante negociação. Por exemplo, se ela lhe proíbe de sair de casa maquiada, faça um acordo com ela de usar pouca maquiagem ou somente nos fins de semana.

7

Sexo na adolescência • 101 perguntas e respostas

8 Eu era uma pessoa muito desinibida, mas agora me importo muito com o que os outros pensam de mim. Por que me preocupo tanto com o que dizem?

Essa mudança de atitude é consequência da falta de autoestima que aumenta em muitos jovens durante a puberdade. Traduz-se em uma contínua busca da autoafirmação, oscilando entre a timidez e o atrevimento, sem se encaixar ainda em uma sociedade "de adultos" e mantendo o inconformismo juvenil como lema principal.

Além disso, a quantidade de mudanças físicas e psíquicas e a rapidez com que acontecem podem trazer muita insegurança: você sente como se não conhecesse seu novo corpo, nem controla seus sentimentos, e isso faz com que você se mostre coibido, por mais extrovertida que seja a natureza de seu caráter.

✓ **Um primeiro passo...**

Acredite, você não é a única pessoa que se sente assim e os outros não lhe veem como uma pessoa estranha. Deixe de se preocupar com o que pensam os demais, já que isso é algo que você não pode controlar. Dedique-se a melhorar sua opinião sobre si mesmo e deixe de se analisar e exigir tanto de você.

9 A mãe da minha melhor amiga é incrível: sempre diz que, mais que mãe, ela é amiga de seus filhos. Por que meus pais não são assim?

A ideia de ser mais amiga do que mãe não é tão boa assim. Os pais devem estar presentes, mas também impor limites. Ter o mesmo tipo de amizade com seus pais e com seus amigos é impossível, pois essa não é a função de um pai e nem os filhos precisam dela.

Durante a adolescência, você já possui seu grupo de amigos. O fato de que um pai se comporte como amigo propicia que os filhos, inconscientemente, permitam-se algumas liberdades que podem não ser boas.

✓ **Não se esqueça**

Embora agora não seja fácil entender, os limites que seus pais lhe dão são imprescindíveis para mantê-lo centrado nessa confusão existencial que você está vivendo.

8

10 Na minha casa, nunca me escutam nem me tratam como um adulto. O que eu faço para que eles me levem mais a sério?

Essa queixa é o claro reflexo de uma das ambiguidades mais características no comportamento dos adolescentes: por um lado, erguem a bandeira da autonomia e da independência e, por outro, reclamam a mesma atenção que tinham de seus pais quando eram crianças.

Reconheça: por mais que pareça o contrário, a opinião e a atenção de seus pais continuam sendo fundamentais para você. Seus pais se mostrarão surpreendidos e ficarão gratos se um dia você comentar como vem se sentindo pela forma com que lhe tratam, fazendo-os notar que sua visão da realidade mudou e pedindo-lhes para deixar de o tratar da mesma maneira de quando você era pequeno. Acredite, eles farão um esforço e você se sentirá melhor.

11 Adolescência e puberdade são as mesmas coisas? Quanto tempo dura cada uma?

Embora sejam dois conceitos muito relacionados, não são a mesma coisa. A puberdade pode ser definida como a primeira fase ou o ponto de partida da adolescência, a qual ocupará um período mais amplo.

Quando se fala de puberdade, costuma-se fazer alusão às manifestações físicas da maturidade sexual (todas essas mudanças que acontecem em seu organismo), enquanto a adolescência se refere mais ao processo de adaptação dessas mudanças corporais do ponto de vista psicológico e emocional.

O momento de início da puberdade é muito variável, pois são muitos os fatores que incidem sobre ela: a zona geográfica na qual se vive, a herança genética, a alimentação e o estilo de vida. Variável também é o momento em que se considera que esse processo terminou. Como média, diz-se que a puberdade termina em torno dos 14 anos, enquanto a adolescência se prolonga até os 19 anos.

2. Conheça seu corpo

12 O ginecologista, depois de me examinar, pode saber que já não sou mais virgem?

Os exames que o especialista realiza têm como objetivo comprovar que o estado de seu aparelho reprodutor está em perfeitas condições e descartar que haja indício de alguma infecção ou doença de transmissão sexual.

Com esses exames, o ginecologista pode comprovar o estado do hímen, constatando se está intacto ou não, embora seu rompimento possa acontecer não só em relações sexuais, mas também como resultado de alguma atividade física intensa ou por algum golpe na região genital.

✓ Você sabia?

Em algumas religiões, como a judaica e a islâmica, a integridade do hímen faz com que a mulher preserve a honra de sua família e todos os seus direitos. Além de ser um requisito imprescindível para o casamento, é uma característica muito importante dessas culturas, porque possui conotações espirituais de grande tradição.

13 São normais essas manchas brancas que, às vezes, aparecem na minha calcinha?

Além de normais, é importante que você saiba que não têm nada a ver com a falta de higiene. Elas são o resultado de um fenômeno orgânico que aparece na adolescência e têm origem nos estrogênios que ativam seu sistema reprodutor. É a "autolimpeza" a que a vagina se submete e que consiste na regeneração constante da mucosa que a recobre.

Essas manchas são mais notórias quando você usa calças apertadas e também na metade do ciclo menstrual, coincidindo com a ovulação. No caso dessas manchas tornarem-se amareladas ou esverdeadas, acompanhadas de cheiro forte e coceira, procure um ginecologista porque pode se tratar de sintomas de infecção vaginal.

14 — É verdade que as cólicas menstruais diminuem depois que temos relações sexuais?

Aproximadamente 50% das adolescentes sofrem de dismenorreia ou dor menstrual de maior ou menor intensidade, e em 10% dos casos esse incômodo chega a impedi-las de ir à escola.

Há evidências de que a atividade sexual pode diminuir os sintomas da tensão pré-menstrual, já que as contrações vaginais do orgasmo, junto com o posterior relaxamento, atenuam a dor, aliviam as câimbras e a menstruação é mais suportável.

Após a gravidez, a dor também diminui, já que o canal do útero, que na adolescência está fechado, fica mais aberto depois da passagem do bebê, deixando a menstruação menos dolorosa.

✓ **Truques úteis**

Para aliviar as dores menstruais, faça algum exercício suave. Ele produzirá uma vasodilatação que fará com que haja um relaxamento da região e as dores serão menos intensas.

15 — Como posso saber se estou no peso certo ou não?

Calcule seu Índice de Massa Corporal (IMC) usando esta fórmula:

$$\frac{\text{Seu peso (em quilos)}}{\text{Sua estatura (em metros)}^2}$$

Resultados

adequado	leve sobrepeso	obesidade
entre 20-25	entre 25-30	mais de 30
✓	i	✗

Observe este exemplo: uma garota de 18 anos mede 1,65 metro e pesa 57 quilos.

$1,65 \times 1,65 = 2,7225; \quad \dfrac{57}{2,7225} = 20,9$

O peso dela está dentro dos limites considerados adequados.

Depois de realizar esse cálculo, convém contrastá-lo com os resultados de um especialista. Se você precisa perder peso, planeje uma meta lógica. O objetivo deve ser alcançado com uma dieta e exercícios físicos, acompanhados por profissionais. Antes, é necessário verificar se você não possui algum problema de saúde que possa comprometer os resultados.

Sexo na adolescência • 101 perguntas e respostas

16 As meninas que têm os seios maiores são mais ativas?

❌ Realidade
✅ Mito

Trata-se de uma crença sem nenhum tipo de base que, seguramente, tem sua origem em muitas fantasias eróticas que os homens costumam ter.

Os seios são uma das principais zonas erógenas da anatomia feminina, devido ao grande número de terminações nervosas situadas nos mamilos. Mas seu tamanho não tem nada a ver com o fato de as meninas serem mais ou menos ativas.

Grandes ou pequenos, o tamanho dos seios se deve à genética. Portanto, nenhuma teoria relacionada a isso será verdadeira.

17 É verdade que os garotos se masturbam mais que as garotas?

Há provas de que a frequência da prática da masturbação é maior no caso dos rapazes. Também há evidências de que garotos e garotas se masturbam de formas distintas.

Nos meninos, é um ato mais mecânico e rápido, enquanto as meninas costumam fantasiar mais. A menor frequência, pelo menos confessada, da masturbação feminina pode ter uma explicação tanto fisiológica quanto sociocultural.

Em tempos passados, a masturbação era falsamente considerada um vício com consequências graves para a saúde, e a masturbação feminina era vista de maneira ainda mais negativa. Inclusive, atribuíam-lhe relação direta com doenças como a leucemia e o câncer de mama.

✓ **Curiosidade histórica**

Durante a Revolução Industrial, no Reino Unido, as mulheres que trabalhavam com as máquinas de costura com pedais eram vigiadas, pois se acreditava que os movimentos feitos poderiam produzir uma excitação sexual que as levassem a se masturbar.

18 — Não gosto do meu nariz. Com qual idade eu posso operá-lo?

De acordo com pesquisas, os procedimentos cirúrgicos mais solicitados pelos adolescentes são a rinoplastia (operação do nariz) e a otoplastia, ou cirurgia de correção das orelhas. Em seguida, há a lipoaspiração e a operação para aumentar ou reduzir os seios.

A legislação varia de acordo com os países, mas a maioria dos cirurgiões plásticos não concorda com as operações estéticas em menores de 16 anos sem a presença e o consentimento dos pais. Em algumas clínicas, solicita-se um teste psicológico do paciente antes de realizar a intervenção.

Os especialistas insistem em que nunca se deve operar um corpo em desenvolvimento e também não recomendam as lipoaspirações ou operações plásticas nos seios antes dos 18 anos, idade em que se dá por terminado o desenvolvimento hormonal.

Segundo um estudo realizado entre 100 cirurgiões da face feito pela academia americana de cirurgia plástica, 49% dos pacientes que fizeram algum tipo de cirurgia no rosto haviam recebido esse procedimento como um presente ou como prêmio por terem passado de ano.

Os especialistas opinam que nenhuma cirurgia muda a vida e nem o caráter, a não ser que seja feita para eliminar um problema físico determinado. Por isso, antes de fazer uma operação plástica, leve em conta:

- Não é aconselhável operar o nariz até os 14-15 anos, que é quando termina a etapa de seu desenvolvimento.

- O especialista qualificado deve realizar a intervenção em um centro ou hospital que conte com apoio médico necessário, assim como os meios suficientes para executar a operação.

- Verifique se o médico tem a qualificação necessária, inclusive sua formação. Ele deve possuir especialização em cirurgia plástica.

- Se um médico se negar a operar, é algo positivo: um bom profissional é capaz de discernir quando uma intervenção é necessária e vai melhorar sua aparência, ou quando não é e seu pedido é motivado por caprichos.

3. Higiene e aparência

19   **Com quantos anos devo começar a usar desodorante?**

Comece a usá-lo quando notar mudanças em seu organismo, já que, na puberdade, devido aos hormônios, entram em ação novas glândulas, chamadas sudoríparas, que até o momento estavam em repouso.

Para evitar o mau cheiro, mantenha as axilas sempre limpas, escolha um desodorante que se adapte bem à sua pele e que não tenha álcool (seja ele *roll-on* ou *spray*). Opte por peças de roupa mais leves, como aquelas que possuem fibras naturais (algodão, linho), que permitem a transpiração. Se você possuir hiperidrose (excesso de suor), deverá consultar um médico.

20   **O que posso fazer para me sentir "limpa" nos dias em que estiver menstruada?**

Sua zona genital está coberta por um escudo protetor que a defende das agressões externas; no entanto, a falta de cuidado, o uso de produtos agressivos ou a ação de alguns tecidos pode fazer essa proteção desaparecer, dando lugar para a coceira, a irritação ou a sequidão.

Durante a menstruação, você tem que lavar essa zona com mais frequência, utilizando pouca quantidade de sabonete, que deve ser o mais suave e específico. Não aplique o produto diretamente: dissolva-o em água e comece a limpeza partindo da frente para trás, para evitar que as bactérias do ânus passem para a vagina.

Use sempre calcinhas de algodão, pois os tecidos sintéticos não deixam que os genitais transpirem e alteram o equilíbrio natural dessa zona, favorecendo o aparecimento de infecções.

✓ **Conselhos práticos**

Quando estiver menstruada, troque o absorvente (seja ele interno ou não) em intervalos de poucas horas, e utilize como complemento os lenços umedecidos, que são ideais por sua ação de limpeza e pela sensação de frescor que proporcionam.

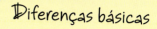

21
Slip ou *boxer*, qual é o tipo de cueca mais adequado?

Não existe cueca mais adequada, e sim aquela que melhor se adapta ao seu corpo.

O mais importante é que a roupa íntima fique cômoda e, sobretudo, que se ajuste às novas medidas de seu corpo. Não é o fim do mundo dizer para sua mãe que suas cuecas ficaram pequenas.

✓ **Diferenças básicas**

- **Samba-canção:** proporciona uma maior sensação de liberdade. Há dois desenhos, com e sem corte na parte frontal.
- **Slip:** tem elástico e se ajusta melhor.
- **Boxer:** ajusta-se igual à *slip*, mas tem as pernas compridas.

Também existem modelos com ou sem costura. O algodão é o tecido mais recomendável, embora também seja fácil de encontrar as de lycra ou microfibra.

Escolha, depois de prová-las, aquela com que você se sente bem.

22
Quais vantagens tem o fio dental em relação à calcinha maior?

Há quem critique e quem defenda ambas as peças. O objetivo do desenho do fio dental não é oferecer comodidade, mas invisibilidade: são ideais para usar com uma roupa justa sem que suas costuras marquem. No entanto, muitas garotas acham a peça incômoda.

As calcinhas maiores acabam dando uma maior sensação de segurança. O importante é que tanto uma quanto a outra devem ter tecidos confortáveis e que deixem a pele respirar.

Ou seja, depende de cada garota escolher aquela que acha mais confortável, não existem vantagens ou desvantagens.

15

23 O que acontece se não tomo banho todos os dias?

Durante a puberdade, os hormônios afetam o funcionamento das glândulas da pele, produzindo algumas substâncias químicas que geram cheiros fortes. Por isso, tomar banho todos os dias é imprescindível, tanto para os garotos quanto para as garotas, que devem cuidar ainda mais de sua higiene íntima durante a menstruação.

Escolher entre tomar banho de dia ou de noite depende de suas preferências e estilo de vida. Sempre que praticar alguma atividade física mais intensa, você deve se banhar. Também é recomendável trocar de roupa se você suar.

Lembre-se de que o desodorante ou o perfume são complementos de sua higiene e não os substitutos do banho.

✓ **Isso lhe interessa**

É aconselhável utilizar os produtos de higiene que tenham o mesmo cheiro ou sejam neutros. A mistura de perfumes pode resultar num cheiro desagradável.

24 O que aconteceu com o meu quadril? Está enorme e eu não sei como diminuí-lo. Quero voltar a usar minhas calças!

✓ **É normal!**

O fato de seu quadril estar maior é normal e tem a ver com o desenvolvimento do seu corpo. Seu tamanho tem a ver com a genética.

✗ **Não se preocupe!**

Essas mudanças significam que seu organismo está em perfeito estado de funcionamento. Repare, se isso ainda não aconteceu com suas amigas, em breve o corpo delas também mudará.

O quadril é uma das regiões do corpo na qual o acúmulo de gordura parece ter predileção, e é por isso que muitas adolescentes percebem que os jeans e outros modelos de calças já não ficam tão bem quanto antes.

Isso não quer dizer que você tenha que deixar de usá-los: a solução está em realizar alguns ajustes nas peças do seu armário e procurar combinações de roupas que lhe favoreçam mais.

Higiene e aparência

 Há riscos em fazer tatuagens ou usar piercings?

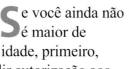

Se você ainda não é maior de idade, primeiro, precisa pedir autorização aos seus pais para fazer qualquer um dos dois.

O fundamental é que o estúdio onde você vai fazer apresente todas as condições sanitárias exigidas: a recepção, a esterilização dos materiais e o trabalho bem realizado. Comprove que o profissional que realiza a aplicação do piercing ou faz a tatuagem usa máscara, luvas e calçados específicos.

Levar em consideração todos esses aspectos é muito importante, afinal, sem a higiene adequada você corre o risco de contrair infecções e até hepatite.

 ✓ Piercings

Primeiro, escolha o modelo que prefere. O profissional deve dar informações claras e detalhadas de quais são os modelos mais adequados para cada parte do corpo, de qual material é feito e quais cuidados você precisa ter.

Algumas partes do corpo apresentam mais riscos que outras:

- O nariz favorece hemorragias.
- A boca é mais propensa a infecções por causa da umidade constante dos lábios.
- Na língua, os rasgos são frequentes e, segundo os dentistas, podem gerar problemas dentais.

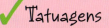 ✓ Tatuagens

Para fazer uma tatuagem, tenha ideias claras: leve vários modelos de imagens e peça conselhos para um profissional. Quanto maior e mais detalhado for o desenho, mais tempo levará para ficar pronta (uma ou mais sessões), e conforme a região do corpo, pode ser mais ou menos dolorida.

Inconvenientes da tatuagem:

- É eliminada somente com o uso de laser.
- Pode causar alergias e infecções cutâneas derivadas da tinta. Se for feita na região lombar, impede a aplicação de anestesia epidural.

17

Sexo na adolescência • 101 perguntas e respostas

> ✓ **E as cicatrizes?**
>
> As cicatrizes que costumam surgir por conta da acne melhoram de forma espontânea com o tempo. Se isso não acontecer ou se você quiser acelerar sua melhora, existem tratamentos muito eficazes, como os *peelings* químicos ou os tratamentos a laser – que sempre devem ser aconselhados e supervisionados por um dermatologista.

26 Tenho acne. O que posso fazer para eliminá-la?

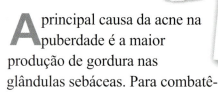

A principal causa da acne na puberdade é a maior produção de gordura nas glândulas sebáceas. Para combatê-la, os dermatologistas recomendam fazer diariamente uma limpeza correta da pele duas vezes por dia, usando um sabonete suave e secando sem friccionar. Nunca aperte as espinhas, pois assim você corre o risco de transformá-las em lesões mais duradouras e favorecer as cicatrizes.

Não há nenhum alimento que, a princípio, piore a acne, mas é fato que seguir uma dieta equilibrada, na qual haja grande consumo de frutas e verduras, melhora o aspecto da pele.

27 Acho que as garotas loiras são mais bonitas. Posso tingir meu cabelo?

Antes de tingir seu cabelo, pense: as garotas morenas, ou ruivas, ou orientais também são muito bonitas, principalmente porque a beleza não depende apenas da cor do cabelo.

Mas, se você realmente quiser mudar seu visual, primeiro deve levar em conta seus traços físicos: o cabelo loiro não fica bem em todas as pessoas, porque depende da cor da pele, da cor dos olhos, do formato do rosto, etc. E, lembre-se, cabelo tingido dá sempre muito trabalho (e gasto) para se manter saudável.

> ✓ **Cuidados com o cabelo**
>
> • Se seu cabelo é muito escuro, você deverá descolori-lo no cabeleireiro para eliminar a cor original.
>
> • Levando em conta que o cabelo cresce quase 1 centímetro por mês, você sempre terá que retocar a raiz.
>
> • Use xampus e condicionadores hidratantes para minimizar o dano que os produtos com os quais se fazem as tinturas (sobretudo o amoníaco) produzem na fibra capilar.

28 Como acerto a numeração do sutiã?

Esse é um dado que as mulheres deveriam saber sempre, mas você sabia que 9 entre 10 mulheres desconhecem as medidas de seus seios?

No entanto, escolher o modelo e o tamanho do sutiã mais adequado ao nosso corpo é tão importante, que muitos médicos dizem que é melhor não usá-lo a usá-lo com a numeração incorreta.

✓ Calcule seu número

Busto	Medida em centímetros do busto
PP	80 a 83
P	84 a 88
M	89 a 93
G	94 a 101
GG	102 a 106

Para que os resultados das medidas sejam corretos, meça quando estiver sem roupa e nos dias do mês em que não estiver menstruada.

✓ Requisitos de um sutiã

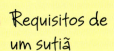

- Não deve ser muito justo porque pode produzir dor no pescoço e na cabeça, além de dificultar a drenagem linfática dos seios.
- Escolha modelos com alças largas e mude sempre sua posição, para que não se produzam marcas fundas nos ombros.
- Se possuir aro, assegure-se de que tenha o tamanho certo para seus seios.
- Se for de encaixar, que seja de boa qualidade, para evitar que os fechos machuquem sua pele.
- Ao fechar o sutiã, ele não pode apertar nem fazer pregas na parte central.

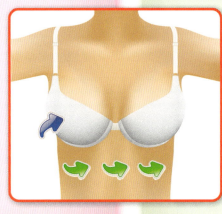

✓ Você deve saber...

É absolutamente necessário utilizar um sutiã específico para praticar esportes, pois, ao realizar atividades físicas, o movimento aumenta proporcionalmente ao tamanho dos seios. Segundo pesquisas recentes, os seios se movimentam até 2 centímetros para baixo e para cima, e de um lado para o outro, durante alguns tipos de exercícios. Por isso, a escolha do sutiã deve levar em conta o grau de impacto do exercício.

29 Com qual idade começa a aparecer a celulite e como posso fazer para que eu não a tenha?

✓ O que fazer para evitar a celulite?

- Manter uma dieta saudável, na qual doces, frituras e sal sejam controlados, ajuda a diminuir a retenção de líquidos e, consequentemente, diminui a aparição de celulites.
- Pratique atividades físicas, elas fazem com que nosso corpo queime a gordura acumulada e melhora o aspecto da pele.
- Beba muita água diariamente.

Certas etapas da puberdade favorecem a aparição da celulite e um excesso de volume, já que desencadeiam a retenção de líquidos e o acúmulo da gordura em determinadas regiões do corpo: coxas, quadril, nádegas e até mesmo na parte anterior dos joelhos.

Isso acontece por causa das células de gordura do nosso corpo, os adipócitos. Cada mulher conta com uns 35 milhões dessas células, as quais podem armazenar tal quantidade de gordura que aumente até 27 vezes seu tamanho, dando lugar a peculiares furinhos que caracterizam a celulite.

30 Que tipos de produtos são mais aconselháveis para usar no rosto? Os garotos também devem usá-los?

Na adolescência, o tratamento que se deve seguir é a limpeza com sabonetes suaves ou com géis de limpeza, já que a renovação celular está em seu auge. A pele oleosa e a mista devem ser limpas com produtos específicos que as mantêm equilibradas e longe da aparição do brilho e das espinhas.

O ideal é utilizar esses produtos duas vezes por dia, pela manhã, antes de aplicar hidratantes ou maquiagens, e à noite, para eliminar o restante da sujeira e permitir que a pele respire, favorecendo a reparação celular que se produz durante a noite.

✓ A proteção solar

É muito importante utilizar produtos adequados ao tipo de pele, ao nível de raios ultravioleta (UV) e ao tempo de exposição solar, mesmo quando não vamos à praia.

Aplique o produto em casa, sempre sobre a pele limpa e seca, 30 minutos antes de expor-se ao sol e repita a aplicação a cada 3-4 horas. Não se esqueça de regiões como a nuca, as orelhas e os lábios.

31 Quais dietas são mais eficazes para perder peso sem colocar em risco minha saúde?

Somente as dietas de longo prazo e acompanhadas por um especialista são as mais eficazes: incluem todos os nutrientes, restringem os alimentos que engordam mais, como o pão, os doces, o álcool, e são as únicas que se complementam com a prática de exercícios físicos para queimar calorias.

Todos os estudiosos do assunto concordam que, durante a adolescência, um dos grandes inimigos da perda de peso é a busca da perfeição.

Muitos jovens que iniciaram uma dieta com grande força de vontade não obtiveram sucesso porque buscavam a perfeição: quando em uma semana não perdem o peso que esperavam, ou por alguma razão não cumprem a dieta, abandonam, e por isso nunca chegam a alcançar e manter seu peso saudável e desejado.

✓ Diga não às dietas milagrosas

Essas dietas são muito restritivas, baseiam-se em teorias cuja base dietética ou científica não está comprovada. A perda de peso que oferecem é ilusória, já que os quilos perdidos são recuperados assim que a dieta termina. Entretanto, o mais importante a saber é que muitas delas, além de desordenar o metabolismo, podem trazer graves consequências para a saúde.

- **Consumir poucas calorias** pode causar enjoos, mal-estar geral e alterações gastrointestinais. Muitas dessas dietas podem chegar a alterar certas funções orgânicas, como no caso daquelas que só permitem comer proteínas.

- **Déficit nutricional:** ao dar prioridade à ingestão de um tipo de alimento sobre outros, produzem-se carências, sobretudo de certas vitaminas e minerais.

- **Mudar os hábitos alimentares** é a atitude que, definitivamente, persegue todas as pessoas que têm quilos a mais. Essa é a única forma saudável de perder peso mantendo-se de bem com a balança e saudável para sempre.

4. A saúde

32 Quantas horas devo dormir para funcionar a todo vapor?

As últimas pesquisas realizadas sobre o tema deixam claro: durante a puberdade e a adolescência, são necessárias de 8 a 9 horas de sono noturno.

Esse período de tempo, além de garantir o descanso adequado, assegura o correto funcionamento de seu cérebro, já que foi demonstrada a estreita relação existente entre o sono inadequado e algumas alterações neurais. Sabe-se que a alteração do sono afeta o hipocampo, a região do cérebro que se relaciona com as recordações e aumenta os níveis de corticosterona, conhecida como o hormônio do estresse, o qual produz uma perda temporal de memória e o bloqueio na recuperação de informação até uma hora depois de ceder a uma situação de tensão. Esta é uma das razões pela qual os jovens que não dormem muito bem têm "branco" nos exames.

Outra razão para ir cedo para a cama: uma recente investigação realizada por estudiosos da Universidade de Columbia, nos Estados Unidos, demonstrou que os adolescentes que dormem as horas necessárias têm até 25% menos possibilidades de ficarem deprimidos e 20% menos chances de ter pensamentos suicidas.

Outras consequências constatadas pela falta de sono na adolescência podem ser uma maior predisposição para a obesidade e para a diabetes tipo 2, além de maior tendência para as atitudes impulsivas.

✓ **É importante...**

Estabelecer normas para ter um sono apropriado:

- Procure deitar-se e levantar-se sempre na mesma hora.
- Não consuma bebidas energéticas, como café, nem faça exercícios poucas horas antes de ir dormir.
- Assegure-se de que seu quarto esteja devidamente ventilado e durma em uma cama confortável, adaptada a sua nova estatura.

33 — O que é a doença do beijo e como se evita o contágio?

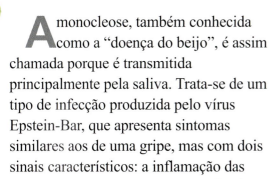

A monocleose, também conhecida como a "doença do beijo", é assim chamada porque é transmitida principalmente pela saliva. Trata-se de um tipo de infecção produzida pelo vírus Epstein-Bar, que apresenta sintomas similares aos de uma gripe, mas com dois sinais característicos: a inflamação das glândulas localizadas debaixo dos braços, na virilha, no pescoço e em outras áreas do corpo, e uma sensação intensa de cansaço.

É diagnosticada com um exame de sangue. Um dos órgãos mais afetados são as glândulas salivares e, por isso, essa doença é frequente durante a adolescência, já que a principal via de contágio são os beijos, além da tosse, do espirro ou qualquer outro contato com a saliva de quem é afetado pelo vírus.

O período de contágio pode se estender até seis meses. O tratamento consiste em alívio dos sintomas (antitérmicos e analgésicos) e, sobretudo, muito repouso.

A melhor forma de prevenir é evitar o contato com a pessoa afetada. Na maioria dos casos, essa doença não deixa nenhum tipo de sequela nem apresenta maiores complicações.

✓ Saiba que...

Pode acontecer que diante de situações como uma viagem, uma prova ou um momento de estresse, ansiedade ou mudanças importantes no ritmo de vida, a menstruação se altere, é possível até que em alguma ocasião falte durante um mês. Esses casos não devem ser motivos de preocupação.

34 — É normal que meus ciclos menstruais sejam tão irregulares?

É normal que os primeiros períodos sejam muito irregulares, pois, geralmente, o organismo costuma demorar vários meses ou anos para se ajustar às mudanças hormonais.

A princípio, pode acontecer que entre uma menstruação e outra passe cerca de 35 a 65 dias. Também é frequente que as primeiras menstruações durem uns dois ou três dias a mais que quando já estiverem estabilizadas. Até mesmo as mulheres com os ciclos mais regrados têm, de vez em quando, algum mês no qual a menstruação se altera. Você precisa observar seu corpo: se no prazo de dois ou três anos após a menarca (primeira menstruação) seus ciclos continuarem sendo irregulares, consulte um médico.

35
Quando estou muito nervosa, começo a comer sem parar. Sou uma comedora compulsiva?

O comportamento compulsivo costuma ser desencadeado por uma experiência ou emoção negativa que produz uma angústia que somente pode ser acalmada com comida, especialmente carboidratos.

Embora as causas que o originam ainda sejam desconhecidas, sabe-se que mais de 50% dos pacientes apresentam sintomas depressivos. As pessoas que passam por isso possuem níveis de autoestima muito baixos, são excessivamente perfeccionistas e autoexigentes, e têm tendência às reações impulsivas. No caso das meninas, a vontade de comer se torna mais frequente durante a síndrome pré-menstrual. É importante consultar um especialista para aprender a driblar a ansiedade.

✓ Hábitos de um comedor compulsivo

- Come com rapidez.
- Depois de comer, sente-se incomodado e cheio.
- Ingere grandes quantidades de comidas sem estar com fome.
- Prepara grandes quantidades de comida sem horário definido e costuma fazer sempre quando está só e depois se sente deprimido, descontente e culpado.

36
Minha melhor amiga nunca tem apetite e está cada vez mais magra. Como posso saber se ela tem anorexia?

Tanto nas meninas quanto nos meninos que têm anorexia, o sintoma mais visível é a extrema magreza.

Se você detectar algum dos sintomas comuns dessa doença, não duvide: conte para um adulto (familiar, médico, professor...) que o encaminhe para um especialista. A cura deve começar com uma mudança de comportamento e atitude.

✓ Sintomas da anorexia

- Desprezo contínuo a tudo que contenha gordura ou açúcar.
- Vontade de comer sempre só e esconder alimentos.
- Costuma provocar o vômito (algo que você pode deduzir se o esmalte do dente da pessoa for desgastado ou tem calos nos nós dos dedos das mãos).
- Uso de roupas grandes ou largas para ocultar seu corpo e dissimular assim a perda de peso.
- Irritabilidade e mudanças de humor, assim como alterações menstruais e frequentes enjoos motivados por quedas de pressão.
- Negação ao ser questionado ou quando a doença é mencionada.

A saúde

37 Todas as minhas amigas já menstruaram, menos eu. Até que idade é normal não ter menstruado?

O habitual é que a menarca aconteça entre os 10 e os 16 anos. A margem de idade é muito ampla, porque para que a primeira menstruação aconteça há a intervenção de fatores genéticos, nutricionais, estilo de vida, etc. Por isso, é natural que em um grupo de amigas da mesma idade alguma delas ainda não tenha menstruado.

Porém, mais importante que a menstruação é que seu corpo já tenha passado por outras mudanças próprias da puberdade, como a aparição do pelo púbico ou o desenvolvimento dos seios. Geralmente, uns dois anos depois do início dessas mudanças a menarca costuma se apresentar. Se depois dos 16 anos seu corpo ainda não começou a se desenvolver, ou esse desenvolvimento parou, consulte um médico para descartar que a ausência de menstruação se deve a alguma alteração.

38 Eu gostaria de praticar mais esporte. Qual é o tipo de atividade mais recomendável para mim?

Os benefícios que a prática de exercícios físicos tem para a saúde dos adolescentes são evidentes: uma pesquisa recente confirmou que uma atividade física, como caminhar 30 minutos diariamente, tem um efeito positivo no correto desenvolvimento dos ossos, inclusive maior que a ingestão de cálcio.

Entre as atividades recomendadas para essa fase destacam-se o basquete, o atletismo, o ciclismo, a ginástica, o futebol, o judô, o caratê, a natação, o tênis... Todos esses exercícios trazem também benefícios psicológicos, pois aumentam a autoestima, favorecem o trabalho em grupo e controlam esse novo corpo que para muitos é quase um desconhecido.

✓ **Vantagens**
É comprovado que praticar esportes é uma excelente ajuda no tratamento da anorexia em crianças e adolescentes. Também é uma das estratégias propostas pelos estudiosos para deixar os jovens longe do consumo das drogas e de outras substâncias prejudiciais.

25

Sexo na adolescência • 101 perguntas e respostas

39 Que tipo de alimentos eu devo consumir diariamente para me manter saudável?

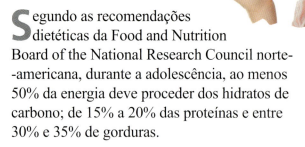

✓ **Na época de provas...**

- Evite a ingestão de alimentos gordurosos, pois eles aumentam a sonolência e tiram a concentração.
- Evite ficar muitas horas em jejum, pois isso favorece a hipoglicemia, que dificulta o raciocínio.
- No dia da prova, o café da manhã deve ser farto, rico em frutas, sucos e pão integral.

Segundo as recomendações dietéticas da Food and Nutrition Board of the National Research Council norte-americana, durante a adolescência, ao menos 50% da energia deve proceder dos hidratos de carbono; de 15% a 20% das proteínas e entre 30% e 35% de gorduras.

Diariamente, você deve consumir leite e seus derivados, carne ou peixe, ovos (até quatro vezes por semana; se substituí-los por um pedaço de carne ou peixe, até duas vezes na semana). Quanto aos alimentos energéticos, coma porções diárias de batata, arroz, massa, pão, etc., e hidratos de carbono no café da manhã. São imprescindíveis cinco porções de frutas e verduras, assim como beber 2 litros de água por dia.

40 Quando tenho que estudar, bebo muito café. Isso faz mal?

O café, sem dúvida, é o estimulante mais utilizado quando se trata de ficar acordado diante dos livros. O segredo está em seu ingrediente principal, a cafeína, que exerce uma ação sobre o sistema nervoso central, cujo efeito é a melhora da atenção, além de aguçar os reflexos.

No entanto, em excesso, pode produzir nervosismo, estresse e propiciar a aparição de palpitações, além de favorecer a insônia.

✓ **Segredos para o consumo do café**

Não passe da dose diária recomendada: aproximadamente 200 miligramas (equivalente a três ou quatro xícaras) são suficientes para aliviar a fadiga, tonificar o corpo e favorecer as funções intelectuais. Consumir uma ou duas xícaras de café por dia produz um importante efeito de euforia e melhora o estado de ânimo, evitando o risco de depressão.

26

41 Comecei a fumar há pouco tempo. Que efeitos o tabaco pode ter sobre minha saúde?

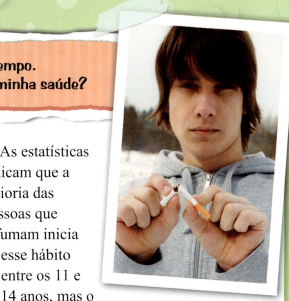

Com certeza, você deve acreditar que o cigarro é uma grande arma para fazer com que você pareça mais velho, para começar uma conversa ou para lhe tranquilizar quando você se sente nervoso. Mas se levar em conta as numerosas evidências científicas que diariamente nos alertam sobre o perigo e os riscos desse hábito, todas essas razões ficam supérfluas.

Do ponto de vista do aspecto físico, o tabaco deixa as pontas dos dedos e os dentes amarelados, faz com que a pele pareça opaca e, sobretudo, faz com que seu hálito, roupas e cabelo cheirem mal.

As estatísticas indicam que a maioria das pessoas que fumam inicia esse hábito entre os 11 e 14 anos, mas o melhor que se pode fazer é não cair na tentação de fumar o primeiro cigarro. Suas propriedades aditivas tornam o fumo um vício.

Também está comprovado que se um jovem supera a idade escolar sem o hábito de fumar, é pouco provável que adquira o vício depois. No entanto, leve em conta os seguintes riscos do tabagismo:

- Menor capacidade respiratória (você cansará muito mais ao correr, praticar esportes, dançar...)

- Maiores possibilidades de desenvolver doenças como alguns tipos de câncer, bronquite e diferentes problemas circulatórios e cardíacos.

- Alguns estudos evidenciam que os adolescentes que fumam têm mais possibilidades de cair na tentação de consumir maconha e outras drogas.

- É um hábito que vicia rapidamente, então, quando uma pessoa começa, é muito difícil de abandoná-lo.

27

5. Amizades e sociedade

42
Como posso fazer bom uso das redes sociais e da internet?

As redes sociais a cada dia crescem mais e oferecem um grande atrativo para a população adolescente. Com um clique no mouse, essas redes trazem muitas maneiras de se comunicar sem a necessidade de proximidade física, por meio de áudio, vídeo, fotos, imagens, que permitem o contato não apenas com amigos, mas com milhões de adolescentes conectados no mundo todo. Também são uma ferramenta muito útil para a vida escolar, pois oferecem possibilidades de pesquisar temas e trocar respostas com seus amigos.

✓ **Se você é usuário...**

- Adicione apenas aquelas pessoas que já conhece.
- Pense bem antes de publicar algo.
- Não ataque nem faça comentários negativos de outras pessoas.
- Não utilize opções públicas para mensagens privadas, e selecione bem os arquivos que você fará download.

43
Existe amizade entre garotos e garotas?

Sim, existe. Embora seja preciso saber que as relações entre os meninos e entre as meninas estão regidas por padrões distintos, por isso a amizade entre um garoto e uma garota depende de cada um deles.

Nesse tipo de relação, pode acontecer de um dos dois sentir atração pelo outro, o que acabaria com a igualdade entre eles. Ou o caso de as diferenças de atitudes, como as garotas serem mais explícitas na hora de expressar seus sentimentos, e os meninos mais introvertidos, gerar uma situação em que a relação se baseia em um indivíduo que fala e outro que só escuta.

Também pode acontecer que o namorado ou a namorada desses amigos sinta ciúmes e não goste dessa relação de amizade. No entanto, se superar todos esses obstáculos, a amizade entre garotos e garotas pode ser uma das mais duradouras e gratificantes que já tenha conhecido.

28

44

Meus colegas da escola riem de mim por causa dos meus defeitos. O que eu faço: apenas os ignoro ou lhes digo algo?

Trata-se de uma situação frequente que costuma acontecer em ambientes onde haja grupos, como na escola, por exemplo.

Antes de tudo, é preciso saber que não é você quem tem o problema, e sim esses colegas que zombam de você, pois entre as razões que os levam a rir de um colega estão o desejo de chamar a atenção, o falso sentimento de superioridade, que na realidade denota uma autoestima tão pobre que torna obrigatório humilhar o outro para engrandecer-se, e a necessidade de aceitação por parte de seus companheiros.

Comportam-se assim porque isso os faz sentir-se parte de um grupo e acolhidos pelos outros.
O primeiro passo para ignorá-los é escrever em um lugar visível para você a seguinte frase de Eleanor Roosevelt "Ninguém pode fazê-lo sentir-se inferior sem o seu consentimento".

Mas, atenção? Se a situação de perseguição por parte dos seus colegas estiver passando dos limites, tornando-se um caso de *bullying*, converse com algum adulto que possa ajudá-lo a lidar com isso e tomar as possíveis providências.

Mude seu diálogo interior: em vez de pensar "sou um azarado, todos me provocam", pense: "Qual opinião é mais importante: a de quem está me incomodando ou a que eu tenho sobre mim?"

Ignore-os: apesar de ser difícil no começo, com a prática poderá esquecer aqueles que estão lhe incomodando. Faça de conta que não os vê, não os escuta e que eles não existem. Sua indiferença é uma arma muito poderosa frente às críticas.

Visualize: imagine-se dentro de um globo que o protege de todos os ataques que recebe, vestido com uma armadura pela qual todas as brincadeiras rebatem, ou como um centro no qual todas as palavras que lhe machucam convertem-se em bola e voltam para onde vieram.

Ria: é a melhor terapia, porque demonstra que você dá pouca importância aos comentários alheios. Transforme uma situação desagradável em um episódio cômico.

29

45 Tenho medo de que meus amigos me critiquem e me deixem de lado se eu não me vestir como eles.

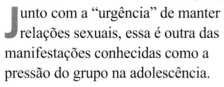

Junto com a "urgência" de manter relações sexuais, essa é outra das manifestações conhecidas como a pressão do grupo na adolescência.

A maioria dos adolescentes segue o que dita a moda e também as pessoas de sua idade. E é nesse aspecto físico onde se fazem mais presentes dois dos traços sociais característicos dessa etapa: a submissão à maioria e a falta de critérios pessoais.

A moda sempre tem que estar em função da pessoa, e não o contrário: de nada adianta seguir uma moda que o faça sentir-se mal e fora de lugar. Tampouco deve cair na armadilha da tirania das marcas: você não é melhor nem pior pessoa por comprar suas roupas em uma loja ou em outra, nem por pagar muito dinheiro por algo. Ajustar sua mesada ou o dinheiro de seus pais às suas possibilidades reais é um indício de amadurecimento e de personalidade.

Se alguém o esnoba por usar ou não determinada roupa, não merece estar em seu círculo de amizade.

46 Minha melhor amiga de infância está se afastando de mim e agora prefere outras amizades. Como devo agir?

Numa relação, uma das coisas mais fortes e importantes é compartilhar interesses e vivências. Quando as circunstâncias mudam, esses vínculos se rompem e é normal que as pessoas se afastem e caminhem em direção a outras coisas e pessoas. Isso acontece frequentemente na adolescência e, muitas vezes, é por causa de uma mudança de escola ou de classe.

A melhor coisa a fazer é compreender a atitude de sua amiga (irritar-se com ela não vai adiantar e nem faz sentido) e unir-se a outras pessoas que agora têm mais afinidade com você.

✓ **Você deve saber que...**
Não há nada mais livre que a eleição de ser ou não amigo de alguém. Não podemos manter uma amizade à força nem tampouco obrigar alguém a compartilhar um sentimento que é espontâneo. Manter alguém ao seu lado sem que essa pessoa realmente queira nunca funciona.

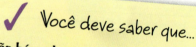

Amizades e sociedade

47
Fico muito insegura quando estou com muita gente. Como posso me relacionar melhor? Sou tímido ou introvertido?

O aumento da timidez é uma característica da adolescência e está diretamente ligada às inseguranças que produzem as mudanças às quais está submetida e que fazem com que, ao não estar contente com seu corpo, seja mais difícil desenvolver-se com soltura quando está perto de outras pessoas.

A timidez pode surgir como consequência de diversos fatores: um núcleo familiar autoritário, excesso de proteção por parte da família ou uma situação escolar ou social na qual você se sinta desvalorizado.

Mas você não deve confundir timidez com introversão. As pessoas introvertidas são aquelas que mergulham em seu interior e não sentem necessidade de se comunicar com os outros. Ao contrário, o tímido se caracteriza pela dificuldade em encontrar as vias necessárias para isso.

- Identifique em quais situações sua insegurança aumenta, assuma-as e ensaie como você gostaria de se comportar para se sentir mais seguro (o ensaio costuma funcionar muito bem).

- Faça com que as pessoas deixem de lhe intimidar: afinal, são outros jovens como você (imagine-se protagonizando situações ridículas).

- Aceite o que já passou e "comece a jogar sua timidez no lixo", desenhando-a em um papel e atirando-a no lixo mais próximo. Parece muito simples, mas realmente funciona.

Sexo na adolescência • 101 perguntas e respostas

48
Sempre que eu gosto de um garoto, minha amiga se propõe a conquistá-lo. Por que ela faz isso?

A atitude de sua amiga é mais habitual do que pode lhe parecer. A razão é muito simples: a rivalidade é um sentimento inato que acontece em muitas relações entre duas mulheres, sobretudo na adolescência. Detrás disso, encontram-se a inveja, mais ou menos encoberta, e uma insegurança, que a leva a disputar com você para, se conseguir alcançar seu objetivo (nesse caso, conquistar o garoto de quem você gosta), sentir-se bem com ela mesma.

Provavelmente sua intenção real não seja fazer-lhe mal, mas as pessoas que agem assim tendem a repetir uma ou outra vez esse tipo de comportamento até que adquiram um maior grau de segurança em si mesmas. O melhor que pode fazer é, na próxima vez que você gostar de alguém, não contar a ela, mantendo isso como um assunto seu, sem envolver outras pessoas.

49
Sempre me comparo com minhas amigas e me sinto muito inferior a elas. O que posso fazer para me sentir melhor?

✓ **Lembre-se de que**
Todas as pessoas têm coisas boas e más. Inclusive esse amigo ou amiga, que você tanto admira e com o qual gostaria de se parecer, possui defeitos e características menos agradáveis em sua personalidade.

Em períodos nos quais não se tem muito claras quais são as peculiaridades da personalidade, os gostos ou o que de verdade se deseja, é normal olhar quais caminhos outras pessoas escolheram trilhar.

O problema se instala quando "o que é dos outros" se converte em nosso único referente válido, fazendo com que não prestemos atenção nos caminhos que podemos seguir: isso gera frustrações e sentimentos de inferioridade.

Dedique seu tempo e esforços em descobrir quais são os pontos fortes de sua personalidade para poder potencializá--los, e fique atenta aos aspectos negativos para melhorá-los e fazê-los menos evidentes.

50 Meus amigos sempre me deixam de lado porque dizem que sou muito "infantil".

Em primeiro lugar, o que eles entendem por infantil: comportar-se como há alguns meses, antes de ter vindo sua menstruação? Seguir rindo despreocupadamente e deixar livre a sua espontaneidade? Que siga gostando de pelúcias e ainda tenha seu quarto cheio de bonecas?...

Nenhuma dessas atitudes impossibilita alguém de fazer parte de um grupo de amigos. Então, se o problema é esse, chegou a hora de trocar de amizades.

Não se esqueça de que as pessoas que agem assim, rejeitando os outros, encontram-se no extremo contrário daquelas que elas criticam.

✓ **Um conselho...**

Os jovens que agem assim adotam atitudes de mais velhos, mas ainda não estão maduros e nem se encontram preparados para tal. Isso acarreta mais riscos que permanecer mais tempo no mundo considerado "infantil".

A infância é um período muito curto e temos toda uma vida adiante para nos comportarmos como adultos. Não tenha pressa.

51 Por que meu namorado se comporta de forma diferente quando está com seus amigos e quando está sozinho comigo?

Essa é uma reação típica entre os adolescentes do sexo masculino, e se deve ao fato de que, em relação à afetividade, eles amadurecem mais tarde que as garotas, tornando essa uma atitude frequente.

Muitos garotos são carinhosos, enchem a namorada de atenção e demonstram seus sentimentos para ela, mas se transformam em "durões" quando estão com sua turma. A razão? Sentem pânico de que seus amigos achem que são sentimentais demais.

Os códigos que existem entre os meninos são bem distintos daqueles usados pelas meninas. Para eles, a imagem de homem é não demonstrar seus sentimentos.

Aprenda a conviver com ele considerando esse aspecto e não pense que é algo pessoal, a não ser que comece a tratá-la com desprezo ou deixe você falando sozinha.

Se essa situação é muito frequente, converse com ele e diga o que está acontecendo. Um conselho: não tome atitudes radicais, como a de fazê-lo escolher entre você e os amigos dele.

6. Diversão

52 Como posso saber se colocaram alguma coisa na minha bebida para que eu perca meus sentidos?

✓ **Sintomas**

- Sensação crescente de mal--estar.
- Náuseas e desorientação.
- Pernas pesadas e com sensação de formigamento.
- Perda de consciência e desmaio.
- Ao despertar, não se lembra de nada que tenha acontecido.

A adição de determinadas substâncias (êxtase líquido, escopolamina, psicóticos, etc.) na bebida não é algo comum, mas existem sim casos disso.

É quase impossível detectar essas substâncias na bebida porque são insípidas e incolores. O melhor a fazer é seguir algumas dicas básicas: não se separe nunca de seu copo e controle-o visualmente. Procure pedir você mesmo o que vai consumir, vigiando enquanto lhe servem. Não beba muito, nem depressa; também não beba de copos grandes, compartilhados entre muitas pessoas e que você não saiba exatamente o que há nele; e, se perceber algo, não consuma.

53 Ir a matinês é uma boa opção para se divertir?

ABERTO

Embora seja uma opção de diversão mais saudável e segura que outras, você não deve confiar: é possível que nos arredores desses locais haja venda e consumo de drogas e álcool.

As matinês podem parecer divertidas no fim de semana, mas tente entreter-se também em outros lugares, como no cinema ou teatro, ou ainda praticando esportes com seus amigos.

✓ **Ficha técnica**

- São adaptadas a um público mais jovem.
- Permitem a entrada de menores de 18 anos.
- Têm horário especial, normalmente, das 17h às 22h.
- Proíbem o consumo de álcool e tabaco.
- Estão submetidas à legislação que castiga com multas elevadas o descumprimento de algumas dessas condições.

54 — Qual é a droga mais comum nas "baladas"?

Acredita-se que seja o êxtase, um derivado sintético das anfetaminas que se apresenta em pó cristalizado ou em pílulas.

Tem a peculiaridade de que sua composição é variável, embora a maioria inclua, além do êxtase, cafeína (utilizada para adulterar as anfetaminas e seus derivados) e substâncias antidepressivas, que atualmente foram retiradas do mercado devido a seus nocivos efeitos secundários.

No entanto, os peritos advertem que essas pílulas estão cada vez mais adulteradas e que incorporam ingredientes como piperonal (um reativo de caráter industrial), lidocaína (um anestésico) ou fenacetina (para a dor muscular). Essa mistura explosiva tem efeitos muitos negativos sobre a saúde.

55 — Qual bebida tem maior quantidade de álcool?

As bebidas com maior graduação alcoólica são as destiladas, isto é, aquelas que se obtêm eliminando uma parte da água contida nas bebidas fermentadas (aquelas elaboradas a partir de frutas ou cereais) mediante calor, por meio da destilação.

As destiladas mais consumidas são: vodca, rum, uísque, tequila e gim.

	Bebidas alcoólicas	Consumo adolescente
Combinados	Uísque + refrigerante	45%
Combinados	Vodca + refrigerante	39%
Drink puro	Uísque	36%
Drink puro	Vodca	30%
Drink puro	Tequila	29%

35

Qual é a melhor estratégia para propor um encontro à pessoa de que gosta?

Não existe uma estratégia melhor ou pior: tudo depende de como você é e quais são os seus gostos, assim como o da pessoa com quem você deseja ficar. Se você não conhece muito a outra pessoa, pode ser que surjam dúvidas e certo nervosismo, mas não se preocupe: pense com calma, relaxe, sinta-se à vontade e, sobretudo, desfrute, que é o que mais importa.

Em um primeiro encontro existem muitas possibilidades e lugares aonde ir, mas a primeira coisa a considerar é o tempo disponível e se quer que seja durante o dia ou à noite. Depois, sorria, use a roupa adequada e deixe o nervosismo em casa. E... muita sorte!

✓ Se tiver pouco tempo...

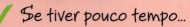

... ou prefere um encontro rápido durante o dia, há várias opções:

- Ir a alguma lanchonete para conversarem e começarem a se conhecer.
- Passear ao ar livre possibilita criar uma situação mais tranquila.

✓ Se tiver mais tempo...

... ou suas expectativas forem maiores, pode escolher entre:

- Planejar um dia praticando esportes ao ar livre, se gostarem de esportes e aventuras.
- Ir ao cinema, ao teatro, sair para dançar ou comer num lugar agradável.

Diversão

57 Com qual idade posso começar a beber com meus amigos?

Não existe idade indicada para ingestão de bebida alcoólica, porém é bom lembrar que só é permitida a venda e a ingestão a partir de 18 anos.

Tenha consciência de que consumir álcool não é bom. Quanto mais jovem uma pessoa começa a consumir bebidas alcoólicas, maior é o risco de se tornar alcoólatra e maiores são os efeitos negativos dessa substância no organismo.

É possível sair e se divertir com os amigos sem ingerir substâncias prejudiciais à saúde, como é o caso do álcool. E não é motivo para envergonhar-se o fato de não consumir bebidas alcoólicas. Pelo contrário, é uma atitude que demonstra a sua preocupação consigo mesmo.

58 Se o álcool deixa as pessoas mais desinibidas, seu consumo pode tornar mais fácil as relações sexuais?

É verdade que o álcool faz com que as pessoas ajam de maneira mais despreocupada e desinibida. Por esse motivo, as pessoas que são especialmente tímidas podem sentir que lhes parecem mais fáceis as relações sociais depois de algumas taças.

Mas, não se engane: as sensações que o álcool produz são passageiras, momentâneas e têm péssimas consequências.

✓ **Não se esqueça...**

- Quando bebe em excesso, uma pessoa pode tornar-se inconveniente e desagradável, podendo inclusive afugentar o garoto ou garota em quem está interessado.
- Embora facilite o contato inicial com o outro, o efeito do álcool impede de desfrutar plenamente as relações sexuais e aumenta o risco de uma gravidez indesejada.
- Muitos dos casos de gravidez entre a população jovem acontecem sob a influência do excesso de álcool.

37

59 Passo muito tempo escutando música com os fones de ouvido. Isso é prejudicial à minha saúde?

Os reprodutores de música se converteram praticamente em uma "segunda pele" para os jovens, pois são uma forma cômoda de ir a todos os lugares acompanhados de uma ampla seleção de músicas.

Mas o excesso pode ser prejudicial à saúde: escutar música no volume máximo por 15 minutos pode causar um dano auditivo permanente (sem esquecer também o fato de que não escutar os ruídos externos enquanto atravessa uma rua, por exemplo, pode causar acidentes). Há ainda o fato de que o espaço entre o fone e o canal auditivo não permite que o som saia, fazendo com que as ondas sonoras sejam rebatidas, aumentando o dano.

✓ Precauções

- Fixe o volume em não mais que 60% com os fones internos e a não mais que 70% com as saídas de som externas.
- Se o volume máximo dos reprodutores é de 120 a 130 decibéis, não os utilize a mais de 85 decibéis.
- Não os utilize por mais de oito horas seguidas.

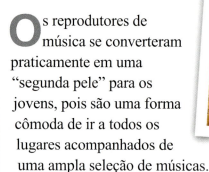

60 Que efeitos têm as pílulas consumidas nas baladas?

O efeito das pílulas que se vendem nesses lugares é o anfetamínico: aumento da resistência física, falta de sono e geração de um estado de euforia que permite aguentar a agitação da noite toda sem parar.

Os efeitos dessas sensações são notados somente a longo prazo, tornando muito difícil ser consciente daquilo em que está se envolvendo.

✓ Efeitos secundários

- **No cérebro:** o consumo esporádico pode provocar hipersensibilidade, crise de angústia, ansiedade e irritabilidade, enquanto que consumi-las de forma habitual pode produzir desde depressão e sensação de tristeza até delírio paranoico e perda de memória.
- **No sistema cardíaco:** taquicardias, problemas cardiovasculares, infarto, aumento da tensão arterial, perda de equilíbrio e de apetite.
- **No humor:** agressividade, mudanças de humor sem razão aparente, incapacidade para assumir as responsabilidades, episódios de ira e irritabilidade.

61 Ultimamente, as bebidas energéticas têm sido vendidas com mais frequência pela noite. Seu consumo tem algum risco?

Essas bebidas, que se popularizaram de forma assombrosa em pouco tempo e que, a princípio, foram concebidas para superar o cansaço físico, proporcionam energia extra de forma pontual devido à sua composição:

- Açúcares – 11%
- Cafeína – 85%
- Vitaminas, sobretudo as pertencentes ao grupo B.
- Inositol (uma substância que melhora o estado de ânimo) e glucoronolactona (ingrediente que favorece a memória e a concentração).
- Substâncias estimulantes, como o ginseng ou o guaraná.

Mas é sobre um de seus ingredientes, a "taurina", que recaíram todas as suspeitas. Nos países nos quais está autorizado seu consumo, a recomendação é recorrer aos energéticos em momentos precisos e não exceder o consumo de duas latas por dia. As pesquisas mais recentes estão concentradas nos riscos gerados pela frequência do uso dessas bebidas como substitutos aos refrigerantes, pois sua mistura com as bebidas destiladas, o uísque, por exemplo, cria uma falsa sensação de sobriedade, disfarçando os efeitos do álcool e impedindo o controle do nível de álcool ingerido.

✓ O que é a "taurina"?

A taurina é um ácido orgânico que estimula o sistema nervoso, produz um aumento quase instantâneo de energia e uma melhora do rendimento psicomotor.

✓ Efeitos negativos

Estudos realizados assinalaram que a taurina pode ter efeitos negativos para o coração (arritmias e taquicardias), assim como outros, a longo prazo, ainda não testados. Essa é a razão pela qual a venda dessas bebidas é proibida em muitos países, como França e Dinamarca.

62 Quem bebe muito está mais predisposto a se envolver com drogas?

Existe uma estreita relação entre o álcool e as drogas, que é maior quando o início do consumo de bebida se dá mais cedo. Estudos realizados a respeito desse tema constataram que quanto mais jovem seja a pessoa que consome tanto o álcool quanto outras drogas, maior é o risco de adquirir a dependência; e os efeitos também são maiores se levarmos em conta que, na adolescência, o organismo ainda não está preparado para seu consumo.

Mas, ainda há mais: beber demasiado frequentemente está associado ao risco de sofrer episódios depressivos transitórios em 40% dos casos, algo que, por sua vez, pode favorecer o consumo de outras drogas para melhorar o estado de ânimo. Portanto, o abuso de álcool pode ser considerado um antecessor de outros tipos de substâncias. Nunca se esqueça de que o alcoolismo não distingue as bebidas: todas elas, tanto o vinho quanto a cerveja, o uísque ou o gim, podem causar dependência.

✓ Precauções

- Não forneça dados importantes, como seu endereço ou número de telefone para quem você não conhece.
- Não envie fotos para desconhecidos nem marque encontros.
- Não aceite nenhum tipo de arquivo nem se deixe impressionar por nenhuma foto que lhe mostrem, pois pode ser falsa.

63 Conheci uma pessoa num chat. Devo ficar com ela?

A cada dia que passa surgem mais alertas sobre o risco de conversar com desconhecidos na internet, pois, infelizmente, há muitas pessoas que usam esse sistema de comunicação para enganar os outros e adquirir informações, dados pessoais, fotos comprometedoras, etc., mediante a simulação de uma personalidade fictícia.

O melhor é evitar esse tipo de contato e optar por programas que lhe ofereçam a possibilidade de conversar com seus amigos, garantindo que as informações trocadas não serão publicadas.

64
Danço muito mal e isso me envergonha. O que posso fazer para me divertir com meus amigos?

Dependendo dos lugares aonde vá, os ritmos musicais podem ser muito diferentes. Alguns requerem mais ou menos técnica, mas todos têm em comum o fato de que o importante é dançar no ritmo da música.

Dançar é uma forma excelente de liberar a adrenalina, manter-se em forma e melhorar seu estado de ânimo. Além disso, enquanto está na pista compartilhando canções com seus amigos, você se mantém distante do excesso de álcool e das drogas. Deixe de lado o pensamento de que todos estão olhando para você. Esses lugares são para que as pessoas se divirtam, e não para realizar algum tipo de demonstração. A verdade é que cada um dança como quiser.

Mas, se ainda assim você não se sente à vontade com sua forma de dançar e está cansada de ficar apenas apoiada na parede, existem algumas estratégias que pode usar para se divertir dançando:

✓ Estratégias para dançar

- Saia da pista quando ela estiver cheia: assim evitará a sensação de que é o centro das atenções.
  - Ria de tudo o que possa enquanto dança e fale com seus amigos.
  - Concentre-se na música e esqueça quantos passos dá para cada lado ou se está movendo bem ou mal o quadril...

✓ Aperfeiçoe-se

Dance quando estiver sozinha ou peça ajuda de um amigo ou uma amiga. Além disso, se adquirir noções de dança lhe dará maior segurança, consulte vídeos e pesquise na internet, assim poderá aprender algo.

41

7. As primeiras relações

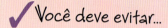

65 As garotas de quem eu gosto nunca me olham. O que eu posso fazer?

A primeira coisa que você deve fazer é aumentar sua autoestima: se você não gosta de si mesmo, é mais difícil que as outras pessoas gostem.

Suas relações com o sexo oposto não precisam ser cheias de tensão; isso cria obstáculos para sua autenticidade, que todos concordam ser a chave para fazer alguém gostar de você. Recorrer a poses, truques, estratégias ou mentiras, na tentativa de apresentar uma imagem que não corresponde com a realidade, apenas faz com que os outros se afastem. O melhor é sempre se comportar de forma natural. E tudo bem se você for tímido: muitas garotas adoram garotos como você.

✓ Você deve evitar...

- Sentir-se em desvantagem diante dos outros.
- Ter medo excessivo de decepcionar, o que acaba impedindo a paquera.
- Colocar grandes expectativas nos contatos com o sexo oposto.
- Considerar o desprezo ou a decepção como uma catástrofe.
- Pensar que toda conquista está destinada a se tornar o amor de sua vida.

66 Como posso saber se estou apaixonada de verdade ou se trata-se apenas de atração física?

Isso também acontece com os adultos, mas na adolescência é muito normal confundir os sentimentos: afinal, você está imerso em muitas mudanças, sobretudo naquelas relacionadas com o sexo e o amor, que adquire dimensões às vezes imensuráveis.

Apaixonar-se rapidamente por uma pessoa que você acabou de conhecer acontece muitas vezes, assim como perder o interesse da noite para o dia. Nos livros e no cinema costuma-se dizer que há "borboletas no estômago" para definir essa sensação.

✓ Tipos de atração

Segundo o terapeuta australiano Steve Biddulph, em seu livro *Criando meninos*:

- **Gostar:** trata-se de uma conexão mental estimulante de interesses comuns, formas similares de se divertir...
- **Amar:** é um vínculo afetivo profundo caracterizado por ser intenso e quente, mas ao mesmo tempo terno e doce.
- **Desejar:** consiste em uma sensação forte, meramente sexual, que vem acompanhada de manifestações físicas (ereção, lubrificação, etc.).

67. Não penso em fazer amor até que me case. Isso é estranho?

Não. Não praticar relações sexuais completas, além de ser uma opção perfeitamente válida defendida por muitas pessoas, apresenta a vantagem de ser a única maneira 100% segura tanto de evitar a gravidez indesejada, como de prevenir doenças sexualmente transmissíveis.

Muitas pessoas escolhem essa opção guiadas por preceitos religiosos, mas há diversos jovens que também prorrogam deliberadamente o fato de se iniciar no sexo porque ainda não se consideram prontos, não encontraram a pessoa certa para compartilhar essa experiência ou simplesmente porque não querem "complicar a vida".

Alguns grupos inclusive usam um anel que representa sua intenção de não manter relações sexuais até o casamento.

68. Gostaria de me declarar para uma pessoa, mas tenho medo de ser desprezado. O que posso fazer?

Alguma vez você ouviu a frase: "Só podemos ter medo do medo"? Aplique essa frase numa circunstância como essa: a primeira coisa a fazer é não dramatizar.

Se quiser que essa pessoa conheça seus sentimentos, tenha bom humor, fuja do vitimismo e não seja importuno: essas atitudes fazem com que as pessoas se distanciem. Você pode escrever o que sente em um papel e enviar como uma carta, dizer por telefone ou pessoalmente. Pode ser que a outra pessoa se mostre surpreendida, que não responda o que ela realmente sente de forma imediata ou o decepcione. É direito dela. Mas, pelo menos, você já sabe o que esperar dessa pessoa.

69 — Se eu me negar a ter relações sexuais com meu namorado, ele deixará de me amar?

Esta é uma dúvida que surge em muitos jovens, temendo que seu namorado ou namorada interprete o fato de não querer ter relações sexuais como uma aversão por sua pessoa e, que, portanto, a relação corre riscos. É mais frequente que essa questão seja mais difícil de abordar quando o casal já está junto há algum tempo, pois é considerado um fato normal que o sexo seja o passo seguinte.

O mais importante é que você converse com a pessoa que está ao seu lado com total sinceridade, expondo suas razões e deixando claro que não se trata de desprezo, mas sim a sua postura pessoal.

Se ele amá-la, entenderá perfeitamente suas razões, vai respeitá-las e, ainda que lhe seja difícil, saberá esperar. Dessa forma, a relação não será de forma alguma afetada.

70 — O que mais atrai os garotos? E as garotas?

Beleza é algo que não se discute. Achar que alguém é atraente vai muito além de um corpo tido como bonito pela mídia. O melhor é ser você mesmo, com seus defeitos e qualidades. Ter autoestima é o que atrai o sexo oposto.

✓ **Os garotos gostam de:**
- Garotas inteligentes, bem-humoradas e companheiras.

✓ **As garotas gostam de:**
- Garotos atenciosos, divertidos e sinceros.

44

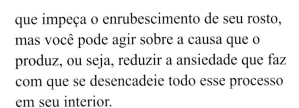

As primeiras relações

71 Como evito ruborizar-me quando estiver diante da pessoa de quem eu gosto?

Ruborizar é quando nosso rosto, especialmente as bochechas, fica vermelho em situações de estresse, nervosismo ou vergonha.

Essa reação acontece quando estamos frente a determinadas situações que geram ansiedade (quando, por exemplo, está frente a frente com a pessoa amada), o sistema nervoso se ativa e, como consequência disso, os vasos sanguíneos superficiais que transportam o sangue oxigenado para a face, a orelha e o pescoço se dilatam, produzindo o rubor.

É uma reação que costuma ser acompanhada por excesso de suor, sensação de calor e aumento das pulsações cardíacas. Acaba sendo evidente tanto para a pessoa que sofre disso como para quem está com ela.

Esse tipo de reação é mais frequente e evidente nas pessoas que têm a pele mais clara e fina, e também nas mais tímidas, inseguras e dependentes das opiniões dos outros. Não existe nada que impeça o enrubescimento de seu rosto, mas você pode agir sobre a causa que o produz, ou seja, reduzir a ansiedade que faz com que se desencadeie todo esse processo em seu interior.

No entanto, em algumas pessoas, a impossibilidade de controlar essa situação repercute na vida social. Nos casos mais graves, existe a possibilidade de submeter-se a uma intervenção cirúrgica que consiste em eliminar os gânglios do sistema nervoso simpático (situados nas axilas), encarregados de controlar o suor e o rubor do rosto e do pescoço.

✓ **Uma estratégia**

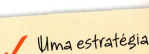

Imagine-se encontrando a pessoa por quem está interessado e ensaie como se comportar diante dela com tranquilidade. Dessa forma, quando voltar a ficar diante dela, seguramente estará mais relaxado e seu sistema nervoso não colocará em marcha todo esse mecanismo que causa o enrubescimento.

8. O mundo da sexualidade

72 · O que é coito?

A palavra coito faz alusão ao ato da penetração do pênis na vagina e é considerada a fase prévia para a consecução do orgasmo. Se analisar essa definição, a primeira coisa que você pode se perguntar é como uma situação tão simples pode produzir tanto rebuliço entre as pessoas da sua idade, e por que "fazê-lo" acarreta tantas horas de conversa e desperta tanta curiosidade.

Efetivamente: reduzir o ato sexual a esses minutos em que o órgão reprodutor masculino se encontra dentro do feminino é excluir toda a essência de uma das experiências mais intensas e gratificantes que se pode compartilhar com outra pessoa e que se converte em sublime quando, além de trocas de fluidos e manifestações mais ou menos orgânicas, o que está sendo compartilhado são os sentimentos.

73 · O que se sente durante o orgasmo?

Metaforicamente, o orgasmo é como alcançar o cume do prazer depois de subir a montanha da excitação. Também há quem o defina como a crista de uma onda que produz uma sensação muito prazerosa ao rompê-la. Definitivamente, o orgasmo é o momento em que se alcança o máximo prazer sexual.

Um erro frequente é associar o orgasmo unicamente ao momento do coito. Você pode ainda ter ouvido dizer que, se não alcançar o orgasmo, o sentimento entre o casal não é forte. Tudo isso são ideias erradas: é possível experimentar muito prazer durante o ato sexual, nas preliminares ou abraçando a pessoa amada sem necessidade de alcançar o orgasmo.

Além disso, o orgasmo não precisa acontecer sempre: é comum que as garotas não o sintam durante as primeiras relações e também que os dois não alcancem o clímax de forma simultânea. Não se esqueça de que, embora o orgasmo implique necessariamente em prazer, este não significa apenas orgasmo.

74 Que diferenças há entre sexualidade, erotismo, sensualidade, pornografia?

Todos esses conceitos estão incluídos dentro do que se conhece como sexualidade. A sensualidade poderia ser definida como o despertar dos sentidos por meio das sensações. Está relacionada com a sutileza, a suavidade, a harmonia... Quanto ao erotismo, o dicionário define como "amor sensual" ou "a exaltação do amor físico na arte". Na pornografia, a sexualidade é manifestada de maneira óbvia, enquanto que o erotismo teria mais a conotação de insinuação. Pode-se dizer que o erotismo tem um toque artístico, enquanto a pornografia é mais explícita. Talvez por isso, um dos grandes marcos da adolescência é o momento de assistir ao primeiro filme pornográfico (algo que gera curiosidade em ambos os sexos), o que lhe convém ter algumas ideias claras a respeito:

75 Com qual idade não é crime manter relações sexuais?

A maioria dos países impõe idades mínimas para consentir o sexo entre adolescentes e pessoas maiores de idade, ou seja, para não tratar a relação sexual como um delito. Geralmente, a idade limite é baixa, já que aos 13 ou 14 anos não se tem maturidade para manter relações sexuais plenas e assumir suas consequências. A idade consentida em alguns países é:

Brasil, Egito e Estados Unidos — 18 anos
Irlanda do Norte — 17 anos
México e Uruguai — 15 anos
Colômbia, Equador e Peru — 14 anos
Espanha e Argentina — 13 anos
Chile — 12 anos

• Muitas das imagens desse tipo de filme podem produzir um impacto negativo na mente adolescente porque ele não está suficientemente preparado para assimilar nem os conteúdos e nem as imagens que o vídeo proporciona.

• O fato de que, com frequência, os filmes pornográficos produzem uma associação entre o sexo e a violência, também pode ser prejudicial para a formação da vida sexual dos adolescentes.

• Antes de assistir a um desses filmes, tenha em mente que não é a realidade, mas se trata, de certa maneira, de uma caricatura.

• A maioria dos filmes é dirigida para o público masculino e é frequente que em suas tramas não haja o plano de igualdade desejável em toda relação sexual.

76 Os termos frigidez, impotência e anorgasmia significam a mesma coisa?

Não. Eles se enquadram dentro do que se conhece como disfunções sexuais, mas cada um possui uma origem distinta:

- Anorgasmia: é a incapacidade de alcançar o orgasmo, embora tenha acontecido uma fase de excitação prévia. Em 95% dos casos, está ligado a causas psicológicas.
- Frigidez: consiste num nível baixo ou nenhum interesse por sexo.
- Impotência: é a incapacidade do homem de manter a ereção suficiente para conseguir a penetração.

É importante deixar de lado a obsessão com os problemas para manter relações sexuais e procurar um especialista o quanto antes.

> ✓ **Tome nota**
>
> Para prevenir esses problemas, é bom reservar um tempo para estar com o namorado ou a namorada sem que haja a intenção de praticar sexo: falar, passear e se divertir juntos pode ser o maior remédio contra a ansiedade que pode gerar essas disfunções.

77 Existem alimentos afrodisíacos ou isso é lenda?

Chamam-se afrodisíacas as substâncias que, teoricamente, aumentam o desejo sexual. Seu nome faz alusão a Afrodite, a deusa grega do amor.

Há um grande repertório de afrodisíacos potenciais: alimentos como as ostras, aromas, especiarias, bebidas, substâncias extraídas de animais e até preparações químicas. Sua fama é devida, em grande parte, à lenda e às pessoas que recorrem a essas substâncias. Segundo os cientistas, sua eficácia é discutível e há poucas evidências de que influenciam no comportamento sexual.

De qualquer forma, não se esqueça de que nessa etapa de sua vida o melhor afrodisíaco é manter hábitos saudáveis, praticar esportes frequentemente, comer alimentos que fazem bem para a saúde e dormir a quantidade de horas adequadas. Nada mais.

> ✓ **O chocolate**
>
> Ao analisar os dados gerados por monitores cardíacos e eletrodos colocados na cabeça de jovens enquanto comiam chocolate puro, estudiosos chegaram à conclusão que seja possível que o chocolate tenha propriedades afrodisíacas. As informações obtidas mostraram que os batimentos cardíacos dos jovens duplicaram depois de consumir o chocolate, o que significava uma excitação quase maior do que aquela que produz um beijo apaixonado.

78

É verdade que os perfumes elaborados com feromônios nos deixam mais atrativos sexualmente?

Os feromônios são substâncias secretadas pelo organismo por meio da pele que são percebidas pelo olfato de outros indivíduos da mesma espécie. Estão intimamente relacionadas com a atração, já que seus componentes químicos podem produzir uma mudança no comportamento sexual. A produção dessas substâncias cresce quando a temperatura aumenta.

Os perfumes de feromônios são fragrâncias nas quais feromônios químicos, feitos em laboratório, foram adicionados. Alguns estudos comprovaram que o uso habitual dos produtos que possuem essas substâncias devidamente autorizadas entre seus componentes aumenta o encanto sexual e favorece as situações românticas. Mas lembre-se: não há nada que possa estimular mais a outra pessoa que o cheiro que desprende de um corpo limpo.

79

Ultimamente penso em sexo todo o dia. É normal?

A aparição do desejo sexual é uma sensação nova durante a puberdade. Levando em consideração que esse sentimento (e tudo mais que ele acarreta) está diretamente regido pelo carrossel hormonal que é produzido nesse momento, nem sempre é fácil de conduzi-lo, ainda que se trate de algo totalmente normal.

Sempre existiu a crença de que os garotos pensam muito mais em sexo que as garotas (um estudo assegurava que os homens tinham um pensamento sexual a cada 52 segundos, enquanto as mulheres pensavam em sexo uma vez por dia). Mas, estudos posteriores comprovaram o contrário: as mulheres pensam em sexo, em média, 30 minutos a mais por dia que os homens.

Sexo na adolescência • 101 perguntas e respostas

80. Se eu levar preservativos quando sair, vão pensar que sou uma pessoa fácil?

Pelo contrário. Uma pessoa que se protege de uma doença sexualmente transmissível e que sabe se prevenir de uma gravidez indesejada demonstra ter uma atitude madura e responsável.

Felizmente, cada vez mais as pessoas superam esse preconceito e pensam antes de tudo em sua saúde e na importância de evitar uma gravidez indesejada.

Uma conhecida marca de preservativos realizou uma pesquisa na qual se analisava o conteúdo das bolsas femininas de um total de 600 mulheres com idades compreendidas entre 25 e 45 anos.

Os autores da pesquisa constataram que 25% das mulheres levam preservativos de forma habitual na bolsa, sendo 35% no caso das mais jovens.

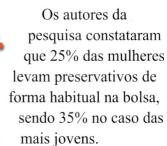

81. Estar excitado é o mesmo que ter um orgasmo?

Não. A excitação é uma fase "primária" que, como consequência do desejo sexual, produz uma série de mudanças no organismo de forma incontrolável. Nos garotos, acontece a ereção, enquanto nas garotas se manifesta uma lubrificação na vagina e o endurecimento dos mamilos. A intensidade da excitação dependerá dos estímulos que a produzam: desde uma mera visão que desperta o desejo, até a troca de palavras, beijos e carícias com outra pessoa.

O orgasmo pode ser considerado a fase "secundária" do desejo sexual e o ponto culminante dele. Trata-se de uma descarga da tensão sexual acumulada, que no homem se traduz na ejaculação do sêmen e na mulher como uma sensação de calor ou prazer que se estende do clitóris até a pélvis. Ambos os orgasmos não precisam coincidir com o mesmo momento.

> ✓ **Não se esqueça de que...**
> A excitação e o orgasmo são duas fases distintas e sucessivas do prazer, embora, às vezes, transcorra bem pouco tempo entre uma e outra.

82 Como posso dizer ao meu namorado que não quero ir adiante quando estamos nos beijando sem ferir seus sentimentos?

Antes de tudo, você deve saber que todos – garotos ou garotas – têm o direito de dizer "não" em qualquer momento, sobretudo quando se trata de uma questão tão íntima como o sexo, quando deve prevalecer sobre as opiniões e pressões dos outros o que a pessoa pensa a respeito. Não se esqueça de que o sexo é uma forma a mais de se relacionar com o outro, portanto, não deve ser algo imposto.

No entanto, quando a relação é consentida por ambas as partes e há uma troca importante de afetividade e desejo, o fato de não querer ir adiante pode acabar ferindo os sentimentos de seu namorado. Por isso, é melhor falar antes sobre o assunto, para que as duas pessoas conheçam bem as regras do jogo. Nem sempre é fácil manter a cabeça fria quando estamos com a pessoa que amamos, e a paixão não costuma ser uma boa conselheira. Mas, se as coisas estão esclarecidas desde o princípio, é mais fácil "puxar o freio" sem que ninguém se magoe.

83 É possível alcançar o orgasmo apenas com beijos e carícias?

Sim. Estudos realizados demonstraram que 40% das garotas e 50% dos garotos são capazes de alcançar o orgasmo apenas com preliminares.

Como já dissemos, o coito, ou penetração, não é a única forma de chegar ao clímax sexual. A excitação que se pode alcançar em contato com a pessoa amada sem a necessidade de consumar o ato sexual costuma terminar no orgasmo. O mesmo acontece com a masturbação.

Orgasmos à parte, lembre-se de que os beijos e as carícias são uma das expressões mais gratificantes da afetividade. Não em vão, a maioria das pessoas lembra com mais emoção e relata com mais intensidade o primeiro beijo que a primeira vez que sentiram um orgasmo.

84 — O que é felação? E cunilíngua?

Ambas são práticas de sexo oral:

• A cunilíngua consiste na estimulação dos órgãos sexuais femininos com a língua.

• A felação é a mesma prática, porém nos órgãos masculinos.

Para que resultem seguras e prazerosas, ambas as práticas exigem medidas de higiene. Também é importante respeitar os desejos da pessoa que vai praticar. Saiba que esses atos não impedem a transmissão de doenças, portanto, é essencial o uso de preservativos.

85 — O que é "petting"?

Trata-se de uma palavra inglesa que significa literalmente "brincar com um animal de estimação", porém se refere à prática do sexo sem penetração: beijos, abraços, carícias..., que permitem a excitação erótica sem realizar o coito.

Isso permite um maior conhecimento tanto do próprio corpo quanto do corpo da outra pessoa e é uma maneira de manifestar a afetividade. De um ponto de vista mais prático, evita-se a gravidez e as doenças sexualmente transmissíveis.

86 — Ser homossexual e bissexual é a mesma coisa?

Não. Os homossexuais se sentem atraídos tanto física quanto emocionalmente por pessoas de seu mesmo sexo, enquanto os bissexuais gostam de pessoas de ambos os sexos.

Pesquisas realizadas demonstraram que, ao contrário do que se acreditava, a bissexualidade e a homossexualidade não são uma eleição passageira, fruto do descontentamento, mas uma opção de vida.

É muito importante não termos e nem apoiarmos o preconceito contra as pessoas que escolhem essa opção de serem felizes, afinal, o mais importante em uma pessoa é seu caráter e seus valores, não sua sexualidade.

87 — Com qual idade é "normal" perder a virgindade?

Não existe uma idade estabelecida ou predeterminada considerada "normal" para ter a primeira relação sexual completa. Depende de cada pessoa, das circunstâncias, da relação de casal que mantenha e de suas ideias sobre esse tema.

É verdade que a idade de início das relações sexuais é objeto de pesquisas e estatísticas em vários países, mas trata-se apenas de dados que nunca devem condicionar nem fazer ninguém se sentir "estranho" por não se adequar à média.

A partir dos dados obtidos nas enquetes que periodicamente se realizam em todo o mundo, chega-se à conclusão de que os adolescentes iniciam sua vida sexual cada vez mais cedo: a média fica entre 15 e 19 anos. Esse dado, da idade de início da atividade sexual, é de grande interesse para a saúde pública, pois está relacionado diretamente com a taxa de gravidez na adolescência e à incidência das doenças sexualmente transmissíveis (DSTs).

Seguem alguns dados sobre a idade média na qual os jovens têm sua primeira relação sexual em diferentes países:

- Antes dos 15 anos: em muitos países da África, os jovens se iniciam precocemente na vida sexual.

- Entre 15 e 16 anos: encontram-se os jovens de países como Alemanha, Noruega, e Suécia. O Brasil é o país mais significativo de toda América do Sul.

- Entre 16 e 17 anos: estão os Estados Unidos e Canadá. Na Europa, os países do Reino Unido, França e Espanha. Na América do Sul, o Chile. E na zona sul do continente africano.

- Entre 17 e 18 anos: jovens do México, Rússia, Turquia e China.

- Entre 18 e 19 anos: o país com maior destaque é a Índia.

✓ **Um dado para refletir...**

Os pesquisadores da Universidade de Columbia, nos Estados Unidos, chegaram à conclusão de que as pessoas que iniciam sua vida sexual antes dos 14 anos estão mais expostas a desenvolver diversos transtornos clínicos.

53

9. Os riscos do sexo

88 É possível transmitir aids apenas pelo beijo?

Não. Embora em alguns casos o HIV (vírus de imunodeficiência humana) tenha sido encontrado em diferentes líquidos corporais, como na lágrima, na urina e na saliva, a baixa quantidade encontrada levou os estudiosos a considerar que nem o beijo e nem copos, talheres ou toalhas são fonte de transmissão do HIV. De fato, os especialistas no tema assinalam que, para que uma pessoa possa ser contagiada pela saliva de uma pessoa com HIV, teria que ingerir entre 20 e 25 mililitros de saliva, o que não acontece na realidade.

Tampouco é possível a transmissão por meio de abraços, ou seja, no contato pele com pele. Lembre-se sempre que as três vias de transmissão dessa doença são: o sexo sem preservativo, o contato sanguíneo e a gravidez.

89 Existe relação entre a aids e outras doenças sexualmente transmissíveis?

Sim. As pessoas infectadas por uma doença sexualmente transmissível têm de duas a cinco vezes mais possibilidade de contrair o HIV se estiverem expostas ao vírus por contato sexual que aquelas que não tenham uma DST.

Isso se deve a duas causas: por um lado, as feridas genitais que produzem algumas DSTs (sífilis, herpes...) e provocam rupturas nas paredes do aparelho genital ou na pele, que se tornam um ponto de entrada para o HIV. Por outro lado, vários estudos demonstraram que as pessoas com HIV e infectadas com outras DSTs têm mais probabilidade de propagar o vírus da aids por meio das secreções vaginais.

Portanto, é imprescindível tomar as precauções para evitar o contágio dessas doenças e evitar estar mais exposto a contrair outras patologias.

90 É possível saber por meio de algum sinal que a pessoa tem uma infecção ou uma doença sexualmente transmissível?

Sim. Enquanto algumas DSTs são praticamente assintomáticas, outras apresentam uma série de sintomas localizados geralmente na zona genital e na pele, que podem ser mais ou menos visíveis.

Deve-se estar atento às seguintes manifestações e, se detectar algumas delas, comunique-as o quanto antes ao seu parceiro: esconder é o mesmo que expor seriamente a saúde dele às consequências desses tipos de doenças.

Além disso, é necessário e recomendável visitar anualmente o ginecologista ou o urologista se tiver uma vida sexual ativa, especialmente se não tiver um parceiro fixo ou vem mudando com bastante frequência de parceiro sexual.

✓ Nas garotas...

No corpo das garotas podem aparecer sintomas como:

- Bolhas.
- Verrugas nos órgãos genitais (vulva), algumas em formato de couve-flor ou feridas vermelhas.

✓ Nos garotos...

No caso dos garotos, podem aparecer sintomas como:

- Irritação mais ou menos visível em seus órgãos sexuais.
- Bolhas e verrugas no pênis.
- Inflamação ou secreção com pus no pênis.
- Feridas avermelhadas na zona genital.

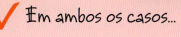

✓ Em ambos os casos...

Tanto nos garotos quanto nas garotas, podem aparecer:

- Lesões ou feridas na boca.
- Pequenas erupções que se convertem em crostas na zona genital.
- Feridas em forma de escamas nas palmas das mãos e plantas dos pés.

✓ Preste atenção!

Lembre-se de que o preservativo é o método de proteção mais eficaz para prevenir esse tipo de infecções.

No entanto, deve-se saber utilizá-lo adequadamente, pois 25% das pessoas que recorrem a esse método o fazem de forma incorreta, o que multiplica o risco de infecção.

55

91 Por que falam tanto dos riscos do sexo virtual se não há contato físico com a outra pessoa?

Entende-se por sexo virtual qualquer tipo de comportamento relacionado com o sexo que acontece pela internet. Embora não exista coito nem contato direto com o interlocutor, são abundantes outras atitudes como a masturbação e os diálogos mais quentes.

Além disso, o sexo virtual tem um risco: facilita o desenvolvimento de comportamentos viciosos, em que o internauta adota atitudes incontroladas que chegam a interferir a tal ponto em sua vida que o fazem perder o contato com o real.

Segundo um estudo, os jovens universitários utilizam a internet com fins sexuais por aproximadamente 11 horas semanais. Um dado para se levar em conta é que 60% dos homens procuram esse tipo de prática, enquanto no caso das mulheres, 40% buscam o sexo virtual.

✓ **Riscos**

No sexo virtual, desconhecemos a identidade, a realidade e, sobretudo, as intenções reais do interlocutor. Isso favorece os abusos de menores e os coloca em possíveis situações de risco derivadas dessa prática (chantagem, propagação de fotos por toda a rede sem o consentimento do outro, etc.).

92 Como posso distinguir uma pessoa insistente de uma pessoa que está me assediando?

Chamamos de assédio sexual quando alguém manifesta, de forma mais ou menos explícita, sua intenção de manter relações sexuais mediante coações, ameaças, chantagens ou outros tipos de atitudes que gerem medo, intimidação ou humilhação.

Quem assedia pode agir em diversos lugares: na escola, entre os amigos ou até mesmo na família.

Por outro lado, a pessoa insistente é aquela que vive lhe telefonando mesmo quando sabe que você não tem interesse, que vai encontrá-la de repente nos lugares mais inesperados... Um caso típico de insistência é a figura do ex-namorado, cuja única ideia é recuperar a relação.

Os riscos do sexo

93 — O que eu devo fazer no caso de estupro?

É considerado estupro ou agressão sexual qualquer relação sexual não consentida, quando há penetração por via vaginal, oral ou anal.

Se isso acontecer com você, é muito importante que não deixe passar muito tempo entre o fato e a denúncia, para que haja o maior número de provas possível. O melhor é ir direto a uma delegacia; e se não puder ir imediatamente, guarde a roupa e todos os objetos que seu agressor possa ter tocado.

Embora seja difícil, aconselha-se não se banhar antes de fazer a denúncia, uma vez que os restos de sêmen são uma prova muito valiosa. Não tenha medo de denunciar, seja quem for. E procure em seguida ajuda de profissionais como médicos e psicólogos: como tantas situações traumáticas da vida, com ajuda é mais fácil superar.

94 — Que tipos de atitudes podem ser consideradas abusos sexuais?

Entende-se por abuso sexual as relações que se realizam sem seu consentimento e que, diferente do estupro, não há violência ou intimidação, mas se atenta contra sua liberdade ou identidade sexual.

A maioria das legislações considera abuso sexual aqueles casos nos quais o consentimento é obtido aproveitando-se uma situação de superioridade (professor, pai, chefe...) que limita a liberdade da vítima.

✓ **Tenha em mente**

Podem ser considerados abusos sexuais:
- Todo o tipo de toques que lhe forcem a realizar.
- Atitudes que lhe obriguem a contemplar (exibicionismo) ou a falar.
- É constatado que um número muito elevado desses casos de abuso acontece por alguém muito próximo da vítima, inclusive dentro de sua própria família.

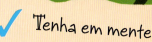

57

10. Anticoncepção e gravidez

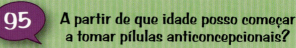

95 A partir de que idade posso começar a tomar pílulas anticoncepcionais?

Antes de tudo, você deve saber que o preservativo é o único método que protege dos principais riscos da prática sexual: a gravidez e as doenças sexualmente transmissíveis.

Portanto, é um erro pensar que a pílula é o melhor método para manter relações sexuais sem consequências. Pode-se afirmar que a pílula é a segunda opção anticonceptiva mais segura, depois do preservativo, e que as melhores garantias são obtidas combinando ambos.

Quanto à idade que se pode começar a utilizar esse contraceptivo, algumas pessoas diziam que a pílula poderia frear o crescimento das adolescentes antes que elas alcançassem seu tamanho definitivo, mas foi comprovado que as pequenas quantidades de hormônio que têm esse efeito contidas na pílula não são suficientes para produzi-lo.

De qualquer forma, somente o ginecologista, independente da idade que você tenha, poderá dizer se é conveniente ou não recorrer a esse método (em função de um exame físico completo e pélvico que você terá de fazer) e que poderá explicar corretamente sobre a quantidade que deverá ingerir, como deverá consumir ou como terá que agir se esquecer de tomá-la em algum momento.

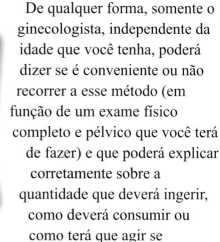

✓ **Vantagens do uso**

- Poderá deixar de tomá-la no momento em que você decidir.
- Parece ser uma ajuda para prevenir o câncer de útero e de ovário.
- Se tiver a menstruação irregular, fará com que seus ciclos sejam pontuais.

✓ **Inconvenientes do uso**

- É preciso tomá-la todos os dias, pois seu esquecimento reduz sua eficácia.
- Apresenta alguns efeitos colaterais.
- Não protege contra DSTs.

96 Se eu tomar a pílula durante muito tempo, terei problemas quando quiser engravidar?

Não. Pesquisas realizadas a respeito vêm demonstrando que, ao deixar de tomar a pílula, a fertilidade é recuperada, o que significa que se as relações sexuais acontecerem em determinados momentos do mês, a gravidez pode acontecer com a mesma probabilidade que se não a tivesse consumido.

A gravidez pode acontecer no primeiro mês depois de abandonar o tratamento contraceptivo, pois, como dissemos, não tem nenhum efeito nocivo sobre a capacidade de concepção. Portanto, se não for sua intenção engravidar, continue se prevenindo.

Desde que começou a ser comercializada, muitos boatos surgiram se referindo aos possíveis efeitos secundários da pílula. Muitos deles tinham certo fundamento, já que se derivavam dos elevados conteúdos hormonais presentes nas primeiras formulações. No entanto, estudos mais recentes demonstraram que a pílula atual não produz aumento de peso – porém, em algumas mulheres, pode favorecer a retenção de líquidos. A seguir, veja algumas verdades e mitos que existem sobre o uso da pílula e a gravidez.

✓ **Falso**

No caso de estar grávida, o fato de ter consumido a pílula anteriormente durante um tempo pode produzir malformações.

✓ **Verdadeiro**

Depois de ter consumido a pílula e abandonar seu uso, recomenda-se esperar três ou quatro meses antes de tentar engravidar. Isso é recomendável para evitar a gravidez múltipla.

✓ **Falso**

Durante a semana de descanso da pílula (no caso das versões de três semanas), pode acontecer a gravidez.

59

97 — Disseram-me que é impossível ficar grávida na primeira vez que se tem relação sexual. É verdade?

Essa crença, que segue sendo muito difundida entre os jovens (o que é até certo ponto incompreensível, levando em consideração a avalanche de informação a respeito) não apenas é absolutamente falsa, mas em muitas ocasiões é a responsável pela gravidez indesejada.

Estima-se que 20% dos parceiros que têm a primeira relação sexual não utilizam nenhum método anticonceptivo; trata-se de um fato muito arriscado, tendo em conta que qualquer mulher pode ficar grávida a partir da primeira menstruação, além de ser uma irresponsabilidade.

Por outro lado, basta ter uma só relação sexual para contrair uma doença venérea, portanto, é muito importante utilizar preservativos sempre.

98 — É possível engravidar antes da primeira menstruação?

Do ponto de vista orgânico, existe essa possibilidade, já que dentro de todo o conjunto de alterações derivadas dos ajustes hormonais prévios à menarca, pode acontecer que uma garota que ainda não tenha menstruado ovule, o que torna possível a gravidez em caso de ter relações sexuais.

Deve-se levar em conta que todo o ciclo menstrual começa antes da menstruação e, em alguns casos, com muita antecedência em relação à primeira menstruação.

Portanto, é imprescindível o uso do preservativo, pois, como ainda não há ciclo menstrual definido e estabelecido, não se pode recorrer à pílula.

Anticoncepção e gravidez

99 É verdade que ter relações sexuais em pé ou durante a menstruação não causa risco de gravidez?

Ambas as crenças são absolutamente falsas. É verdade que, quando se está menstruada, as possibilidades de que aconteça a fecundação diminuem consideravelmente, mas isso não significa que não existam. Isso acontece porque, por mais regular que o ciclo da garota seja, há ocasiões nas quais a ovulação pode produzir-se fora do ciclo. Há muitas mulheres, inclusive, que têm ovulações tão tardias que se produzem imediatamente antes de começar a menstruação.

Também se deve levar em conta que a concepção acontece nas tubas uterinas, não na vagina, portanto, é possível que um espermatozoide chegue a fertilizar algum óvulo que se encontre nas tubas, independentemente da menstruação.

Quanto à opção de ter relações sexuais de pé como método anticonceptivo, trata-se de uma afirmação que não há qualquer rigor científico, uma vez que a postura não tem nada a ver com as possibilidades de que um espermatozoide fecunde um óvulo.

Também existe a crença de que, se a mulher se submete a uma ducha vaginal após ter tido relações sexuais, elimina qualquer rastro de espermatozoides. Isso tampouco é verdadeiro: uma vez ejaculados, os espermatozoides se movimentam com grande velocidade e rapidamente podem fecundar um óvulo.

✓ **Mais informação já!**

A difusão de todos esses mitos torna necessárias mais campanhas de informação dedicadas aos jovens e confirmam a importância de eles adquirirem maior confiança nos profissionais da saúde para que substituam os amigos como principal fonte de informação sobre assuntos ligados ao sexo.

Sexo na adolescência • 101 perguntas e respostas

100 O que faço se durante a relação sexual o preservativo se romper?

O que é aconselhável nesses casos, que são mais frequentes do que pode parecer, é tomar o quanto antes, dentro das próximas 72 horas, a "pílula do dia seguinte". Mas é preciso saber que essa pílula não é um método contraceptivo, e sim um remédio de emergência. Sua composição é um combinado de hormônios que impede a fecundação do óvulo pelo espermatozoide.

O que também pode acontecer é que, enquanto estiver mantendo relações sexuais, o preservativo fique dentro da vagina (algo possível, já que depois da ejaculação o pênis perde volume e firmeza).

Caso não consiga retirá-lo com os dedos, vá a um centro de saúde onde, além de retirar o preservativo da vagina e comprovar que ele não se rompeu nem ficaram restos dele no seu corpo, o médico poderá receitar a pílula do dia seguinte para evitar uma gravidez indesejada.

✓ **A pílula do dia seguinte é eficaz?**

Sua eficácia é de aproximadamente 90% dos casos. Mas não se esqueça de que não deve usá-la como anticoncepcional habitual. Para conhecer os métodos contraceptivos que existem, procure um ginecologista: ele lhe aconselhará sobre o melhor anticoncepcional para você.

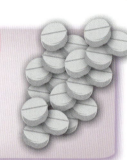

✓ **Onde posso encontrá-la?**

Se tiver necessidade de tomar a pílula do dia seguinte, poderá comprá-la em qualquer farmácia sem receita médica. Ela é administrada dessa forma em países como Brasil, Espanha, Reino Unido, França, Bélgica, Luxemburgo e Estados Unidos, onde a anticoncepção hormonal de emergência tem venda livre.

Há alguns anos, era necessário procurar um centro de saúde para adquiri-la. Era preciso adquirir uma receita médica para comprar a pílula.

101 — O que é preservativo feminino?

É outra das múltiplas opções confiáveis na hora de escolher um método contraceptivo. Trata-se de um revestimento muito fino feito com um plástico resistente (poliuretano), que é lubrificado com silicone e serve para recobrir as paredes da vagina e da vulva durante a relação sexual.

Atua impedindo a passagem dos espermatozoides até o interior do útero e, portanto, evitando a gravidez. Além disso, também é um método muito eficaz na prevenção das doenças de transmissão sexual. Sua eficácia oscila entre 79% e 95%.

Seu aspecto exterior é muito similar ao do preservativo masculino, mas tem uma peculiaridade: possui dois anéis. O anel da extremidade fechada fica no interior da vagina e o outro, da extremidade aberta, fica no exterior e cobre os lábios vaginais durante o coito. A boca do preservativo deve estar suficientemente lubrificada para evitar que o anel exterior se introduza no interior da vagina. É descartável, portanto, depois de utilizá-lo, deve-se jogá-lo fora.

Se você nunca utilizou um preservativo feminino, siga os seguintes passos:

✓ **Primeiro**
Lave bem as mãos e coloque-se numa posição cômoda: por exemplo, agachada com os joelhos separados ou deitada de costas, com as pernas flexionadas e os joelhos abertos.

✓ **Segundo**
Segure o preservativo feminino de tal forma que o extremo aberto fique suspenso. Depois, aperte o anel da extremidade fechada e, com o dedo indicador e o polegar introduza-o enquanto vai empurrando-o suavemente para dentro da vagina.

✓ **Terceiro**
Pressione o anel interno com o dedo indicador até o fundo da vagina, até que toque o osso pubiano. Este passo deve ser feito devagar para que o anel não se mova ou torça. O anel exterior do preservativo feminino ficará entre os lábios menores da vagina.

✓ **Quarto**
Para retirar o preservativo feminino depois da relação sexual, é preciso apertar e dobrar delicadamente o anel externo para manter o esperma dentro dele e não derramar. Depois, puxe o preservativo para fora. Lembre-se: é para apenas um uso.

Sumário

Você pergunta, nós respondemos 2

1. Emoções e inquietudes da idade 4

2. Conheça seu corpo 10

3. Higiene e aparência 14

4. A saúde 22

5. Amizades e sociedade 28

6. Diversão 34

7. As primeiras relações 42

8. O mundo da sexualidade 46

9. Os riscos do sexo 54

10. Anticoncepção e gravidez 58

© 2011 Editorial LIBSA
Textos: Carla Nieto Martínez
Edição e design: Equipe editorial LIBSA

© 2011 desta edição:
Ciranda Cultural Editora e Distribuidora Ltda.

1ª Edição
3ª Impressão em 2017
www.cirandacultural.com.br
Todos os direitos reservados. Nenhuma parte desta publicação
pode ser reproduzida, arquivada em sistema de busca ou transmitida
por qualquer meio, seja ele eletrônico, fotocópia, gravação ou outros,
sem prévia autorização do detentor dos direitos, e não pode circular
encadernada ou encapada de maneira distinta àquela em que foi publicada,
ou sem que as mesmas condições sejam impostas aos compradores subsequentes.